나야, 문 열어

나야, 문 열어

김낙효 수필집

도서출판 북인

작가의 말

누군가의 잠재력 끌어내는 마중물 되리

나의 유년시절을 회상해보니 농촌에서 산과 들을 휘저으며 꽃과 나무, 고갯길, 푸른 들판 등 자연 속에서 들풀처럼 산 것 같다. 그런 환경 속에서 가족들이 사다준 동화책 읽기를 좋아했다. 동화책을 사다주면 한 권을 다 읽어야 손에서 놓았다.

직장인 학교에서는 강의하며 주로 논리적인 글을 썼다. 이런 내가 수필에 관심을 두면서, 서정적인 글을 쓰려니 글이 마음같이 말랑말랑하게 되지 않았다. 이런저런 시도를 통해 다양한 글을 쓰게 되었다. 이 책에는 원고지 3장의 짧은 수필부터 평론까지, 유년시절의 자전적 내용부터 서정과 서사적인 것, 철학적 사유의 글까지 실었다.

수년간 글쓰기 수업을 진행하면서, 이제 꽃봉오리를 피우는 작가나 글로 마음을 치유하고 싶은 수강생에게 우선 자기가 살아온 이야기를 한 권의 책으로 엮자고 권유했다. 그들이 처음에는 부끄럽고 자신감도 없다고 했지만, 쓰고 나니 마음이 후련해지고 자신감도 생겼다며 기뻐

했다. 그러나 정작 나 자신은 책으로 묶을 만한 시간을 내지 못하다가 이제야 첫 수필집을 출간하게 되었다. 이 책이 누군가의 잠재력을 끌어내는 마중물이 되면 좋겠다.

글을 쓰는 일이 어찌 보면 도를 닦는 일과 같지 않을까. 어떻게 하면 도를 깨우칠지 장자는 이렇게 말했다. '나를 잃어버림吾喪我'이다. 나我라는 의식, 즉 자의식을 없애는 일이 중요하다. 마음을 속박하는 모든 집착에서 벗어난 자유로운 상태가 나를 잃어버리는 것이다. 도를 깨우친 사람은 그 속에서 자기가 가진 모양대로 사는 것뿐이다.

니체가 평소 강조한 것처럼 주어진 상황을 긍정하면서 '너의 운명을 사랑하라Amor Fati'가 지금 이 시대에도 그대로 적용된다. 현재를 긍정하며 너무 잘하려고 하지 않고 평소 하는 대로 마음을 기울이면, 어떤 역경 속에서도 우리가 살아나갈 방법은 있게 마련이다. 나도 주눅 들지 않고 꿋꿋하게, 잘하려고 하지 않고 능력되는 대로 살려고 한다.

바쁘신 가운데도 평문을 써주신 은사 윤재천 교수님께 감사드린다. 부족한 글을 이끌어주신 임헌영 교수님과 맹난자 선생님께도 깊이 감사드리며, 가족과 애틋하게 인연을 맺은 모든 이들에게도 감사드린다.

2022년 여름

김낙효

차례

제4부 니체가 사랑한 루 살로메

제5부 간절함의 온도

제1부
당신의 외투는 무엇인가요

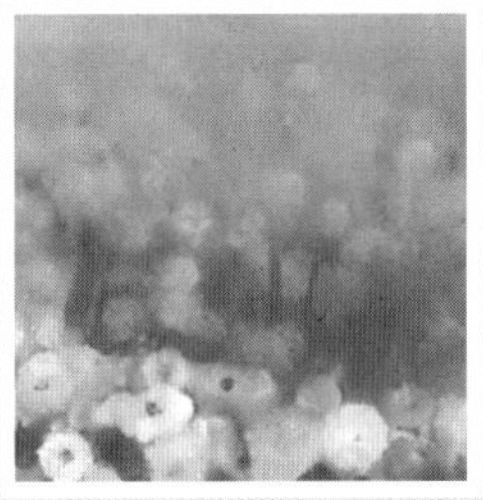

졸업식 송사

초등학교 5학년 말에 6학년 선배 졸업식에서 송사를 읽게 되었다. 선생님은 송사 원고를 주면서 집에 가서 연습해오라고 하셨다. 다음날 두세 분 선생님 앞에서 읽었다. 다 듣고 나서 담임선생님은 나를 조용히 옆으로 부르셨다

"너는 너무 슬프게 읽는다. 선배들이 졸업하니 슬프기는 하겠지만 너무 울 것 같은 소리는 내지 말고…."

몇 가지 조언을 해주셨다. 선생님의 말씀 중 유독 '슬프게 너무 울 것 같은 소리'라는 말이 귀에 맴돌았다. 부끄러워서 가방을 들고 도망치듯 튀어나왔다. 여자, 남자 두 반밖에 없는 시골 초등학교였다.

졸업식 날이 왔다. 송사를 떨리는 마음으로 읽기 시작했다. 송사를 읽어내리다 보니까 또 슬픈 생각이 몰려왔다. 특정한 누구와 이별하는 슬픔보다는 송사를 읽다보니 슬픔이 배어나와 점점 슬퍼졌다. 엄마가 나를 떼어놓고 외갓집 가셨던 생각도 나면서 왈칵 슬픈 감정이 솟아 송사 내용도 점점 더 슬퍼졌다.

울컥 우는 목소리가 막 나올 것 같아 그것을 참느라고 잠깐 숨을 크게 쉬었다가 조금 천천히 읽기도 하였다. 내용이 또 슬퍼지니까 울음이 터져나올 것 같아 더 크게 읽기도 하고, 숨을 쉬느라고 작게도 읽었다. 망쳤다는 생각이 들면서 정신없이 되는 대로 읽고 내 자리로 들어와 앉았다. 완전히 망쳤구나! 하는 생각에 고개를 들 수가 없었다.

'어떻게 하지. 오늘 졸업식, 나 때문에 망친 것 같아. 어떻게 해.' 도저히 그 자리에 계속 있을 수가 없어서, 고개를 들고 뛰쳐나갈 곳을 찾았다. 그때 담임선생님이 가만히 다가오셔서 옆에 앉으셨다. 식장을 빠져나가려던 나는 꼼짝도 못하고 그 자리에서 고개만 더 숙이고 있었다.

"잘했어. 아주 많이 잘했어."

선생님께서 잘했다고 하자 나는 머리를 번쩍 들고

"진짜예요 선생님, 정말 망치지 않았어요?"

"망치긴 그렇게 멋진 송사는 처음 들어봤다."

머리를 쓰다듬어주고 살짝 윙크도 하고 가셨다. 선생님의 망치지 않았다는 그 말 한마디에 안도감이 생겨 고개를 들고 졸업식 단상을 바라볼 수 있었다.

지금 돌이켜보면, 정신없이 읽어가다가 우는 목소리가 나올 것 같으면 그것을 참느라고 또박또박 읽고, 내리읽다가 울컥하면 잠깐 숨을 쉬어가며 크게 소리를 낸 것이 강약 조절이 된 것 같다.

그 당시 나는 송사를 읽으며 그 내용이 주는 감상적인 슬픔 때문에 속으로 많이 울었나보다. 속으로 울면서 풀어내어 그런지 감정을 조금 조절할 수 있게 훈련이 되었다. 다음해 답사를 읽을 때는 울컥하는 감정이 순조롭게 조절되었다. 그 사이 슬플 때의 감정조절 연습이 제대로 되었나보다. 어쩌면 초등학교 시절의 그 송사가 내가 국어국문학을 전공하게 된 단초가 되었는지도 모른다.

마주친 눈길

"어머나, 이게 뭐야!"

그날 밤 나의 비명소리에 자던 식구까지 일어나 무슨 일이냐며 거실로 뛰쳐나왔다. 서재에서 새벽 1시경까지 일을 하고 안방으로 가는 중에 일이 생겼다. 문만 열고 몇 발자국만 가면 되니까, 불을 켜지 않고 조용히 가는데 중간에 있는 화장실 앞에서 뭔가 물컹하고 발에 밟혔다. 그 물컹한 불쾌감과 놀람에 나도 모르게 비명을 질렀다.

불을 켰다. 난리를 피우며 내 발에 밟힌 것을 보니, 손가락 두 마디 정도 크기에 검정 날개가 달린 해충으로 그것도 바퀴벌레라고 남편이 말했다. 어릴 때 시골 논에서 잡았던 방개만 한 크기의 바퀴벌레를 처음 봐서 난 너무 놀랐다. 그때 남편이 한마디 했다.

"소도 뒷걸음을 치다가 쥐를 잡는다더니, 당신이 어쩌다가 그렇게 날쌘 바퀴벌레를 잡았대? 어디 아픈 바퀴벌레였나봐."

그 사건이 있은 후 며칠 뒤였다. 감기 기운이 있어 밤중에 뜨거운 보리물을 먹으러 주방으로 갔다. 그때 가스레인지 옆 개수대에 있는 방개만한 바퀴벌레를 또 만났다. 4년 전에 이 집으로 이사 와서 처음 보는 바퀴벌레를 연달아 두 번씩이나 보다니 이게 무슨 일인가.

개수대에서 가스레인지 아래로 후다닥 내려가면 내가 무슨 수로 그 잽싼 바퀴벌레를 잡을 수 있단 말인가. '제발 도망가라'는 나의 마음과는 상관없이 바퀴벌레는 개수대 위에서 방향을 잃은 듯이 왔다갔다 하여 내가 또 잡게 되었다. 후다닥거리는 소리를 듣고 남편이 주방으로 달려나왔다.

"이상하네. 바퀴벌레가 왜 당신 눈에 그렇게 잘 보여. 거기다 잡기도 하고…."

"그러게. 요새 나에게 이상한 힘이 생겼나?"

"바퀴가 보통 샤샤샥 하고 얼마나 빨리 도망가는데, 당신 요새 무슨 염력이 생겼나? 바퀴벌레를 옴짝달싹 못하고 빙빙 돌게 하는 무슨 힘이 생겼나봐. 하하."

남편은 슬슬 놀리기까지 한다. 그럴까? 이 집은 지은 지가 좀 오래된 집이지만, 밤중에 스위치를 탁 켜도 바퀴벌레가 후다닥 도망치는 것을 본 적은 없다. 그런데 최근에 큰 바퀴벌레만 두 번씩이나 눈에 뜨인 것이다. 진짜 남편 말대로 나에게 새로운 염력이 생겼나.

그 전 해에 지인의 조언대로 나는 은행잎을 스타킹에 넣어 집안 구석구석에 놓아두었다. 그랬다고 바퀴벌레가 나타나지를 않을까 하고 실소를 짓는다. 바퀴벌레는 고대부터 살아온 끈질긴 해충인데, 은행잎 향기 정도에 바퀴벌레가 사라질 리가 있단 말인가? 그런 생각을 하다보니 지난 여름 일이 하나 생각났다.

우리 집은 3층인데 베란다에서 건너편을 바라보면 2층 단독주택의 작은 뒤 베란다가 한눈에 들어온다. 그 집은 그곳을 애완고양이 놀이터로 사용하였다. 개집 형태의 고양이집이 있고, 작은 베란다 끝에는 추락하지 않게 허리 정도 높이까지 판때기로 담장을 둘러쳤다. 담장 위에는 손바닥 넓이 정도의 넓은 판때기를 얹어놓았다. 그 판때기 위는 고양이가 수시로 살짝 뛰어오르거나 뛰어내리며 장난치는 곳이기도 하다. 내가 베란다에 나와 서성거릴 때 올려다보는 고양이와 거리가 있지만 눈을 종종 마주치게 되었다.

나는 본래 고양이를 싫어한다. 소설이나 영화 등에서 고양이는, 재수 없는 동물이거나 저주의 동물이라는 선입감 때문에 불안을 주는 동물로 생각하고 있었다. 이 고양이와는 생활의 터전이 마주 보이기 때문에 조금씩 서로 익숙해지는 것 같았다.

처음 한번은 고양이가 안 보여서 내가 장난으로 휘파람을 부니까 고양이가 어디서 나타났는지 후다닥 담장 위로 뛰어올라왔다. '저를 불렀어요?'라고 묻듯이 계속 나를 뚫어지게 보고 있어서 내가 먼저 거실로 들어왔다. 그 다음부터 내가 나가기만 하면 내가 들어올 때까지 고양이는 나에게서 눈을 떼지 않았다. 그것이 부담스러워 내가 눈길을 한번도 안 주기도 했고, 바빠서 오랫동안 만나지 못하기도 했다. 그래서 고양이를 종종 잊고 있다가, 한 달에 한번쯤 고양이를 볼 때도 있었다.

그렇게 가끔이라도 슬쩍슬쩍 관찰을 하다보니, 앙큼하다고 생각한 고양이 인상이 개처럼 순해보이고 나름 두뇌도 좋다는 생각이 들었다. 특히 행동이 무척 재빠르다는 것을 실감하는 사건이 하나 생겼다.

7월 어느 날 저녁에 베란다에 빨래를 넌 것이 생각나서 불도 켜지 않고 빨래를 걷으러 갔다. 환한 밖을 바라보며 걸어가다 나는 뭔가 부피가 있는 물커덩한 것을 꽉 밟았다.

"어머나!"

그때 얼마나 크게 소리를 질렀는지 내 비명소리에 나도 놀랄 정도였다. 내 느낌에는 큰 쥐를 내가 밟은 것 같기도 하여 순간, 그 쥐가 죽기 살기로 내게 역습을 할 것 같다는 공포도 밀려왔다. 동시에 발아래를 보니 쥐는 아니었다. 휴! 하며 보니 남편의 워킹슈즈였다. 물론 쥐가 있을 턱은 없다.

"휴 다행이다. 난 쥐인 줄 알았는데…."

워킹슈즈가 좀 둥글둥글하고 물컹하여 더욱 놀란 것이었다. 그때 얼마나 크게 비명을 질렀는지, 건너편 2층 주택 베란다에 있던 고양이가 탁! 하고 담장 위로 올라와 고개를 있는 대로 길게 빼고 나를 보고 있었다. 집에는 아무도 없었고, 그렇게 놀라며 비명을 질러도 주변에서 나를 쳐다보는 사람은 아무도 없었다.

고양이만 비명을 지를 때부터 베란다에서 가슴을 쓸어내리고 들어올 때까지 꼼짝을 않고 나를 지켜보고 있었다. 그때 고양이 자세는 '뭐야, 누구 괴롭히는 놈 있으면 나오라고 해'라고 말하는 듯, 금방이라도 펄쩍 뛰어올 자세였다. 다음날 아침에 식구들에게 이야기를 했더니 남편은 또 한마디 했다.

"뭐야 이제 고양이에게도 힘을 뻗힌 거야? 고양이가 수호천사처럼 당신을 도와주려고 지켜본 것 같은데…."

건너편 고양이네는 8월 초에 이사를 간 것 같았다. 계속 조용한 빈집이었는데, 8월 말경 우연히 고양이 소리가 나서 내다보았다. 거기에는 전에 살던 고양이가 우리 집 베란다를 올려다보며 귀를 쫑긋 세우고 눈을 반짝이고 있었다. 판때기 담장 위로 폴짝 뛰어올라왔다. 나도 베란다에서 반가워서 창문을 열고 바라보면서 살짝 휘파람을 불었다.

모습이 언뜻 보기에도 전보다 깔끔해 보이지는 않았다. 그 집에서 버려졌나? 살던 집이 그리워졌나? 아니면 나를 보러왔나. 또는 그 집이 멀리 이사를 가서 여기까지 오느라고 지저분해진 것인가? 그렇지만 나는 고양이랑 그렇게 친하고 싶지는 않아서 거실로 들어와서 베란다로 나가지를 않았다.

한참 후 살짝 보니 고양이는 여전히 판때기 담장을 오르락내리락 하며 우리 집 쪽을 계속 쳐다보고 있었다. 저녁 무렵에 보니 고양이는 사라지고 다시는 나타나지를 않았다. 다음날에도 눈에 띄지 않았다.

생이별

“아기라도 살려주세요.” 아프간 카불 공항에 몰린 사람들 앞에서, 한 남성이 자기 아기를 철조망 너머 군인에게 건네며 말하는 영상이 TV에 잡혔다. 자식이라도 살리려는 엄마들은, 영국 군인들이 있는 철조망 너머로 아기를 던지는 일이 일어났다고 외신은 보도한다. 아프간에서의 탈출길이 막히면서 엄마들의 선택은 그 길밖에 없었던 것 같다.

그 장면을 보면서 나는 엄동설한에 미국 군함을 타고 함경남도 홍남을 탈출하는 ‘홍남철수’가 떠올랐다. 영화 〈국제시장〉에서는 윤덕수 가족을 중심으로 그러한 상황을 자세하게 보여준다. 1950년 한국전쟁 중에 홍남에서 피난길은, 퇴로가 막혀 미군의 화물선 빅토리호가 유일한 탈출구였다. 일부 난민들은 밧줄에 매달려서라도 탈출을 시도한다.

“아가야 너만이라도 잘 살아”라고 하면서 자식과 생이별을 하는 아프간 엄마들의 뉴스를 보며, 동서고금을 통해 보더라도 자식에 대한 부모의 마음은 본능적으로 같다는 생각에 콧마루가 시큰했다.

전쟁은 비극이다. 그로 인해 우리 가족도 예외가 아니다. 내가 12살이 되던 정월 대보름날, 아버지는 우리 4남매를 불러 앉혀놓고 큰오빠에 대한 이야기를 들려주셨다. 지금까지는 아무 말도 하지 않았지만 이제 너희들이 이만큼 자랐기 때문에 들려준다고 하셨다.

큰오빠는 고향에서 보통학교(초등학교)를 졸업하고 청주사범학교에 진학했다. 청주사범학교는 당시 합격하기가 쉽지 않았다고 한다. 아버지는 오빠가 충주시, 중원군 등 인근을 통틀어 유일하게 합격했다며 말씀이 없는 분이 동네방네 자랑도 하셨다고 했다. 부모님은 오빠 뒷바라지를 하기 위해 청주로 이사해서 직장도 청주에서 구할 정도로 정성을 들였다. 큰오빠와 나는 20살 차이가 나니 내가 태어나기도 전의 일이다. 아버지는 부청(시청)에 다녔고, 어머니는 큰 식당에서 일을 하셨다고 한다.

진학해서 큰오빠는 부모님의 기대에 부응해 공부도 열심히 하고 학교생활도 충실히 했다. 그러던 어느 날 큰오빠가 18살 무렵에 갑자기 행방불명이 되었다. 아무런 이유도 없이 사라져버렸다. 집안에선 난리가 났다. 마른하늘에 날벼락을 맞은 격이었다.

여러 방면으로 수소문했으나 전혀 알 수가 없어 온 가족이 넋이 나가 있을 때, 어느 소년형무소로부터 연락이 왔다. 그곳에 있다는 것이다. 부모님은 온갖 방법을 동원해서 그곳을 어렵게 찾아갔다. 거기에서 부모님을 면회한 큰오빠는 별일 아니니 곧 나갈 것이라고 말했고, 형무소 책임자도 6개월 뒤에는 집에 돌아갈 것이라고 말해 부모님은 그나마 다행이라 여기고 돌아왔다. (해방 후 시대적 상황으로 볼 때, 지식인들과 어울려 살다보니 형무소까지 가지 않았을까 짐작해본다.) 그런데 6개월이 되기 전에 한국전쟁이 터져버렸다. 이유도 모른 채 사라진 맏아들과 그 어느 바람결에도 들을 수 없는 이별을 하게 된 것이다. 부모님은 자식이 없어진 청주에서의 생활을 정리하고 허탈하게 다시 고향으로 돌아왔다.

세월이 흘러 아버지도 늙고 시골집도 점점 낡아갔다. 어느 해에는 심한 장마로 인해 담장이 무너지기까지 했다. 가족들은 아버지께 집도 낡고 담장도 허물어지고 연세도 많으시니, 작은오빠가 사는 가까운 도시로 이사를 하자고 했지만 한마디로 반대하셨다. 우리는 아버지가 이젠 큰오빠를 잊었겠지 했는데 그게 아니었다. 아버지는 우리가 이사를 가면 큰오빠가 돌아왔을 때 어떻게 하냐며, 언젠가는 돌아올 테니 당신 생전에는 절대 이사 가지 않을 것이라고 선언했다. 아버지의 희망은 여전히 살아 있었다.

〈이산가족을 찾습니다〉(1983. 6. 30.)라는 프로를 KBS에서 138일간 방송했다. 잃어버린 혈육과 상면하는 장면이 나올 때마다 온 나라는 울음바다가 되었다. 갖가지 감동적인 사연들이 화면을 통해 쏟아졌다. 한국전쟁을 전후하여 헤어진 경우가 대부분이었다. 30년이 넘게 생사조차 모르던 혈육을 다시 만난, 그 벅찬 반가움과 헤어져 살던 서러움이 한꺼번에 북받쳐올라 서로 부둥켜안고 울부짖는 화면은 너무나 뭉클하고 감동적이었다.

우리 부모님도 그런 장면을 볼 때마다, 당신의 아들을 만나기라도 한 듯이 끝없이 눈물을 흘렸다. 면사무소에서 연락이 와서 아버지도 이산가족 신청을 했다. 하지만 그것도 애간장을 태우는 기다림을 하나 더 늘렸을 뿐이다.

기어코 이사하지 않겠다는 아버지의 고집으로 시골집은 무너질 때마다 고치고 또 고쳤다. 아버지는 한밤중이라도 개가 짖으면 벌떡 일어나 큰기침을 하며 마루 끝에 한참을 서 계셨고, 달 밝은 날이면 오랫동안 문밖을 서성거렸다. 그러나 아버지는 희망을 끝내 이루지 못한 채 세상을 떠나시고 말았다.

새끼를 잃어버린 원숭이 배를 갈랐더니 창자가 마디마디 끊어졌더라고 한다. 자식을 잃은 슬픔으로 창자가 끊어진 것이다. 단장斷腸이다.

아직도 나는 큰오빠가 살아 있는지 돌아가셨는지 알지 못한다. 내가 기억하는 것은 생이별을 통해 얻은 고통과 그로 인한 가족들의 아픔이다. 처음 아버지께서 들려준 십대부터, 아버지가 돌아가실 때까지 큰아들을 기다리며 애간장을 녹이는 고통을 옆에서 지켜본 것도 이십여 년이 넘는다. 아버지가 돌아가신 지 삼십여 년이 넘었으니 그 아픔도 잊었는가 했는데, 아프간 부모들의 생이별 장면을 지켜보면서 아버지의 아픔을 보는 듯했다.

아마 아버지의 창자도 온전치는 못하셨으리라.

빨간 불

뜨거운 한여름, 드디어 집을 떠나기로 마음먹었다. 최소한 여름 방학만이라도 떠나지 않고는 견딜 수가 없었다. 작은 전기밥솥을 사고 노트북도 사서 아예 낡은 자동차 트렁크에 실어놓았다. 어디로 갈까 생각을 하다가 지방의 대학 근처에서 임대업을 하는 교회 권사님이 생각났다. 상의했더니 작은 방을 하나 구해주겠다 하여 그곳으로 가기로 했다. 식구들에게는 비밀로 했지만 재수하는 막내에게조차 비밀로 할 수가 없어 살짝 말했더니, 깜짝 놀라면서 마지못해 알았다고 했다.

그해는 군대를 제대하고 재수하여 대학에 들어간 장남에 이어, 막내의 재수까지 내리 3년째 대입 재수가 이어지던 해였다. 고3 수험생 엄마들은 아이들이 재수 대열에 끼일까봐 온 정성을 기울이지만, 나는 막내가 고3이었을 때 그렇게 못해주었다. 그 당시 남편이 사업에 실패한 후, 소식불통으로 반 년이나 생사를 알 수 없는 급박한 상황이었다. 막내의 재수에 엄마로서 많이 미안했다.

남편은 무사히 귀가하였지만, 사업 실패의 후유증은 심각했다. 거기다가 교직에 있는 나도 지정된 기일까지 연구 과제를 제출해야 하므로 머리를 쥐어짜느라 파김치가 되어 있었다. 과제를 제출하고 나니 피로에 허탈감까지 한꺼번에 밀려왔다.

삼부자가 밥을 해 먹을 수 있도록 이것저것 준비해놓고, 오후 3시경 짐을 챙겨 7월 중순에 집을 빠져나왔다. 폭염에 온 나라가 펄펄 끓고 있다는데도 나는 더위를 느끼지 못한 채 차를 몰았다. 집을 떠나서 마냥 홀가분한 줄 알았는데, 자꾸 차창이 흐려졌다. 권사님이 얻어놓은 방에 도착하여 짐을 그대로 둔 채 나는 쓰러져 깊은 잠에 곯아떨어졌다.

그날 늦은 밤 남편이 전화했다. 남편은 무슨 가출이냐고 깜짝 놀라면서 어디냐, 언제 오냐 하면서 화를 누르고 있는 것이 성급한 목소리에 묻어났다. 내가 있는 곳은 비밀이고 언제 올라갈지도 미정이라서, 갈 즈음에 전화할 테니 연락하지 말아달라고 했다. 그는 잠시 말이 없더니 알았다며 전화를 툭 끊었다.

둘째 날 아침에 평소 출근 준비할 때처럼 눈이 떠졌으나 다시 잠을 청했다. 졸리면 자고 깨면 또 잤다. 잠에 취한 사람처럼 잠이 쏟아졌다. 느지막하게 일어나 창밖의 낯선 풍경을 구경하였다. 오래된 주택보다는 새로 지은 원룸 형태의 깔끔한 주택들이 많이 보였다. 텔레비전도 없어서 보고 듣는 것이 없으니 자연스럽게 머리는 비워지는 것 같았다. 갑자기 시간이 늘어난 것처럼 여유로웠다.

생각은 비울수록 채워진다고 한다. 수학자 아르키메데스는 왕으로부터 그의 왕관이 순금으로 만들어졌는지, 조사해달라는 부탁을 받고 고민에 빠졌다. 멍하니 목욕을 하던 중에 부력의 원리를 발견했다. 멍하게 있는 동안 무심코 생각이 닿는 곳에서 뜻밖의 발견을 할 수 있었다. 나도 비우고 기다리면 뭔가 나올까 하여 다시 뒹굴거리며 책장을 넘겼다.

나는 항상 목말라했다. 2002년 월드컵 4강신화를 이룩한 히딩크가 "아직 배가 고프다"라고 했던 것처럼, 아이를 낳고 뒤늦게 학위까지 하였으나 항상 허기졌다. 무엇이 나를 허기지게 만드는 것일까. 원하는 것을 갖지 못해서인가. 그것만은 아니다. 뭔가 뜨거운 감동이 생기길 갈망하였다.

뜨거운 감동을 찾아 어려서부터 원했던 직업을 버리고 새로운 세계에 도전한 사람이 있다. 제주도 올레길을 개발해서 전국적인 걷기 열풍을 주도한 서명숙 씨는, 오십이 넘어 유명 시사지의 편집장을 그만두고 산티아고 순례길로 무작정 떠났다. 가보지 않은 곳에 갔다와서 제주 올레길이라는 새로운 세상을 만들었다. 치열한 경쟁사회에 살던 사람이 천천히 걸으면서 자신을 돌아보며 행복을 찾았다는 것이다. 천천히 걷기가 뭔데, 행복을 느낀다는 것일까. 수수께끼처럼 보였다.

저녁 식사 후 권사님이 늘 다닌다는 대학 캠퍼스 내 산책길을 처음 걸었다. 여름밤의 별도 보고, 매미와 풀벌레 소리를 들으며 무성한 나뭇잎 사이를 걷는 낯선 대학의 산책길은 신선했다. 저마다 살아 있다고 외치는 소리, 특히 매미 소리는 쇳소리가 나듯 우렁차게 합창을 해댔다. 숲속 냄새는 중학교까지 산길 들길을 걸어다니며 맡았던 그 어린 시절의 자연 냄새이다. 산책길을 천천히 걸으며 어릴 때 이야기를 하는 중년의 두 여인은, 이 세상에서 제일 재미있는 이야기를 들었다는 듯이 깔깔거렸다. 웃는 사이에 내가 저절로 치유되고 있다는 느낌이 들었다. 결혼 후 가족을 떠나, 언제 이렇게 행복을 느낀 적이 있었던가.

캠퍼스 산책길을 천천히 걷던 첫날의 감동을 곰곰이 생각해봤다. 왕성한 숲의 생명력과 쉬엄쉬엄 놀면서 걷는 것이 뭉클한 감동으로 다가왔다. 어린 시절의 자연 냄새도 고향처럼 반가웠다. 남들보다 하나라도 더 챙겨야 안심할 수 있는 일상의 경쟁에서 벗어나, 수수께끼 같던 천천히 걷기를 실제 해보니 그 감동이 울컥 몰려온 것이다.

하루는 세워둔 자동차 보닛에서 연기가 조금씩 나와서 보험회사에 연락했다. 종종 시동을 걸어줘야 한다고 하여, 주변의 시장을 가끔 갔다. 시장은 어느 곳이나 활력이 넘친다. 시장의 이곳저곳을 구경하고 반찬거리를 사다보니 식구들이 생각났다. 삼부자가 잘 지내겠지 하다가 점점 궁금해서 장남에게 전화했다. 안부를 물으며 슬쩍 식구들의 동태를 탐문했다. 눈치 빠른 장남은 느긋하게 이야기를 했다.

"벌써 집이 걱정되세요? 식구들은 걱정 마시고 휴가나 즐겁게 보내세요."

삼부자는 예상보다 훨씬 잘 지내는 것 같았다. 빨래는 세탁기가, 밥은 밥솥이 해주어서 살림이 그리 어렵지 않더라나. 오히려 엄마가 안 계시니까 훨씬 자유롭고, 먹고 싶은 것도 마음대로 사 먹을 수 있어 좋다고 했다. 내가 집에 없으면 남편과 아이들이 어떻게 살까 걱정을 했는데, 내가 없어도 잘 살고 좋다고까지 하니 괘씸한 생각까지 들었다. 장남이 내 속을 들여다본 듯하여 찔끔했다. 그 녀석 말투에 평소 나의 말투가 나와서 깜짝 놀랐다.

많은 사람은 비슷한 생각을 하고 사는 것 같다. 1년 반 뒤에 엄마도 휴가가 필요하다는 〈엄마가 뿔났다〉라는 드라마가 방영되었다. 평생 자식들이 잘되기를 바라는 평범한 어머니(김혜자 분)가 홀로 훌쩍 휴가를 떠나는 장면이 당시 큰 화제였다. 엄마들의 심연에 있던 것을 배설하듯 꼭 집어내니까 놀라서 화제가 된 것이다. 내가 행동한 것이 드라마가 되어 사회 이슈까지 되는 것을 보니, 사람들의 욕망은 비슷하구나 하고 나의 편이 많이 생긴 것 같아 기분이 좋았다.

한 달이 넘도록 남편과는 연락하지 않다가, 딱 40일째 되던 날 전화를 하여 이틀 뒤에 올라가겠다고 했다. 다음날 남편은 시외버스를 타고 득달같이 달려왔다.

저녁에 권사님과 걷던 길을 남편과 걸었다. 그의 호기심으로 가로수 양쪽으로 무성한 나뭇잎이 아치형으로 동굴 같은 길도 발견하였다. 몇 년 만의 데이트냐면서 남편은 내 손을 잡았다. 더운데 왜 잡느냐고 빼면 더 세게 손을 잡았다. 둘이 걷다보니 공연장 옆의 작은 연못은 달빛과 별빛이 쏟아지는 산속의 우물 같았다. 숲속을 새로운 정기로 채워주는 샘물처럼 느껴졌다. 남편의 실패로 세상이 망한 것처럼 느꼈지만 IMF 당시에는 누구에게라도 닥칠 수 있는 일이라고 생각할 만큼 여유도 생겼다. 그는 새로운 일에 재도전 중이라고 했다.

다음날 서해안고속도로로 가서 왜목마을에 들러 오붓하게 조개구이를 먹었다. 갑자기 그가 냉수로 건배를 제의했다.

"그동안 힘들었던 것 모두 저 바다에 버리고, 새로운 내일을 위하여!"

건배까지는 좋았는데 자동차에 빨간 불이 들어왔다. 요금소를 통과하자마자 자동차가 덜컥 멈췄다. 정비 한번 제대로 하지 않은 채 휘발유만 먹였더니 탈이 났다. 자동차도 정비소로 휴가를 보냈다.

조컴문弔Com文

이 글은 조선 순조 때의 유 씨 부인俞氏 夫人이 애지중지하던 바늘을 부러뜨리고 애통함을 글로 표현한 조침문弔針文을 빗대어 쓴 글이다. 나의 분신처럼 끼고 살았던 노트북 컴퓨터가 완전히 망가져버린 그 허망함을 달래기 위해, 이 조컴문弔Com文을 써서라도 애도하지 않을 수 없었다. 이왕이면 노트북도 이름을 지어 '노군No君'이라 부르기로 했다.

유세차維歲次 신축년辛丑年 모월 모일에 김 작가는 짧은 글로써 노트북 컴퓨터에게 고한다. 현대생활에서 쉽게 만날 수 있는 것이 컴퓨터이고, 노트북은 간편하여 더 흔하게 만날 수 있는 도구이다. 그런 노트북을 내 몸의 일부처럼 끼고 살았는데, 이렇게 슬퍼함은 나와 각별한 정이 들었기 때문이다. 오호통재嗚呼痛哉라, 아깝고 허탈하도다. 그 노군과는 칠 년을 찰떡처럼 지냈는데 갑자기 먹통이 되어버린 허탈함에 잠시 얼이 빠지기도 했다. 말없이 가버린 노트북이 약속하고, 늘 같이 있다가 이제는 만날 수 없다는 생각에 뜨거운 것이 치밀어오르지만, 마음을 추스르고 생전에 좋은 친구이면서 언제나 나를 도와준 노군과 있었던 일을 기억하며, 나의 회포를 간략히 써서 영원한 이별에 부치노라.

이번의 노군을 만난 것은 아들 덕분이었다. 엄마가 외부에서 일할 때, 가벼운 노트북이 필요한 것을 알고 활용하는 방법까지 가르쳐주며 선물을 한 것이다. 복학하기 전에 아르바이트하여 모은 돈으로…. 처음 노군을 맞이하던 날, 그 강렬한 만남을 기억하고 있다. 상자 속에서 처음 꺼내어 내 품에 쏙 안기던 그날의 날렵한 촉감이 손끝에 느껴진다.

노군을 만나 처음 전기 코드를 꽂고 단추를 누르는 순간, 그 특유의 인사법으로 온몸을 부르르 떨며 인사를 하지 않았나. 그때 이제부터 노군의 보호자는 나라고 내 이름 석 자를 새겨넣었지. 피부에 상처라도 생길까봐 코팅된 비닐 막으로 보호하여 가는 날까지 그대를 보호했었다. 이렇게 될 줄 알았으면 좀 더 내부에 신경을 쓸 것을 그랬나 하며 미안하기도 하다.

노군이 처음 왔을 때는 덩치 큰 데스크톱 컴퓨터를 주로 사용하고 외출할 때만 날렵한 노군을 동행했지만, 점점 노군만 가까이하게 되었다. 노군은 외양 못지않은 재기발랄함으로 구석구석 숨어있는 광맥을 찍어내는 날카로운 도끼가 되었다. 겨울 논에서 얼음이 쨍하고 굉음을 내며 쩍 갈라지듯, 우둔해지는 감수성을 깨는 도끼가 되어 항상 새로운 세계를 보여주었다. 은둔 속으로 숨으려고 주저하는 나를 끌어내 빛을 보게 해준 일등공신도 노군 자네였다. 그대 떠난 지금 왜 이리도 허전할까.

친절하고 재주 많은 노군을 애지중지하였건만, 처음에는 빛나는 카메라의 가치를 제대로 몰랐다. 코로나시대를 맞아 얼마나 빛이 나던지. 오도가도 못하는 비대면 세상에 화상 회의를 통해 지구 반대쪽 사람과 얼굴을 맞대고 강의를 듣고, 회의도 하고, 요가도 따라 하고, 눈으로 여행도 하는 카메라, 가히 영상 전성시대를 펼쳐주어 얼마나 고마운지 모른다.

어찌 그뿐인가. 무형의 것들을 유형으로 만들어내는 그대는 나의 정신적인 것을 모두 관장하기에 그대에게 빠질 수밖에 없었다. 아무렇게나 툭툭 던지고 휘갈겨 써도, 또박또박한 글씨로 가지런히 정리해주는 점은 단연코 최고봉이다. 그런 글씨가 만든 감동적인 장면은 영원히 잊지 못할 인생의 한 페이지로 남겨둔다.

나에겐 어머니가 생전에 삐뚤빼뚤하게 쓴 세로로 읽는 찬송가 책이 그렇다. 어머니가 보고 싶으면 그 책을 열어 그 글씨를 한참씩 들여다본다. 그 삐뚤빼뚤한 글씨는 종종 그리움이 핑 돌게 하고, 내가 힘들고 초라해질 때 나를 포근하게 감싸준다. 잘하고 있다고 언제나 토닥여주는 어머니의 마법 글씨이다.

노군 그대도 그랬다. 마치 하루하루가 이 세상 마지막 날인 것처럼 열심히 살라면서 충성스럽게 도와주지 않았는가. 장자莊子의 아내 이야기도 그렇다. 장자는 아내가 죽자 동이를 두드리며 노래를 불렀다. 조문하러 간 혜자惠子가 심하지 않느냐고 따지자 그가 말했다.

"사람이 태어나기 전을 생각해보니 본래 삶도 형체도 기氣도 없었네. 흐릿한 속에 섞여 있다가, 기가 생기고, 형체가 생겨 삶이 되었다가 이제 다시 변하여 죽은 것이네. 이는 춘하추동의 사계절이 순환하는 것과 같지. 아내는 지금 천지天地라는 거대한 방 속에 편안히 잠들어 있는 것이네."

그래서 즐거운 고향으로 돌아간 것을 축하한 것이라고 했다. 장자에게 죽음은 왔던 곳으로 돌아가는 일 이외에 다른 것이 아니다. 자연에서 왔다가 자연으로 돌아가는 현상일 뿐이라는 뜻이다. 마치 춘하추동의 사계절이 무한반복되듯 우리의 생명도 돌고 돈다는 것이다.

이런 장자의 사상은 니체의 '영원회귀사상'과 일맥상통하는 것이 아닌가. 니체의 영원회귀사상은 세상 만물이나 인간의 삶이 똑같이 영원히 반복된다는 것이다. 그래서 "너의 삶이 다시 살기를 원할 수 있을 만큼 현재를 충실하게 살아서" 생이 영원히 반복되더라도 '한 번 더!'라고 말할 수 있게 자신의 삶을 치열하게 사랑하라는 말이다. 자기에게 주어진 운명을 사랑하라고 말하는 것이다.

기원전 369년에 태어난 장자와 19세기 말에 활동했던 니체는 2천 년이 넘는 시간과 동서양이라는 공간의 차이를 넘어 쌍둥이 같은 생각을 했다는 것을 발견해냈을 때, 나와 노군은 얼마나 환호작약했던가. 자네도 그 순간은 영원히 기억하고 있겠지!

신축년(2021년) 4월 19일, 이른 아침부터 노군을 깨웠으나 평소와는 달리 묵묵부답이었네. 깜짝 놀라 눈을 크게 뜨고 두드리고, 전기 스위치를 껐다켰다 해도 아무 반응이 없는 먹통이 되어버렸네. 그동안 너무 힘에 부쳤는가, 이렇게 갑자기 떠나려 하다니! 세상의 온갖 정보를 알려주고 복잡한 생각을 정리해주던 노군은 부족한 나를 도와주는 진정한 조수이고 친구였는데 말이네.

오! 슬프고 안타깝도다. 그럼 그동안 땀과 노력의 결실인 그 파일들은 어디 가서 찾는단 말인가. 팔 하나가 떨어져 나간 것같이 가슴이 철렁하고 서늘하기까지 했네. 나는 어떡하라고…. 서비스센터라는 그들의 병원이 문을 열기도 전에 도착해서 기다렸지. 정신을 차리고 살릴 방법을 찾아보았으나 전혀 가망이 없다고 한다. 그동안 너무 힘에 부쳤던가, 그대의 나이 칠 년은 인간의 백 년과 같은 것인가. 어찌도 그리 훌쩍 가버리는가.

오호~ 그렇지, 정신차리고 보니 평소 노군이 보여준 묘수가 있었네. 그대의 신출귀몰함이 언제든 떠날 수도 있겠다 싶어 다행히 네이버의 마이박스(클라우드)에서 작업을 하지 않았는가. 그 덕분에 아주 큰 참사는 막을 수 있었네. 그동안 나로서는 피와 땀으로 축적한 파일들을 오롯이 간직할 수 있어서, 세상 모든 이들에게 감사한다.

그러나 임시로 끄적인 문서에 남겨진 씨앗만 뿌린 것들은 호로록 다 날아가버렸다. 반짝이는 생각의 씨앗이었는데…. 피와 땀으로 만들어놓은 챙기지 못한 내 사유의 땀방울들…. 그래도 대참사를 막은 것만이라도 얼마나 다행인가 한다.

그대 노군의 후임으로 젊은 노군을 데려왔다. 이제 새 노군을 통해 먼저 간 그대를 추모하는 글을 쓰고 있다. 젊은 노군 역시 멋진 친구지만, 그대가 해준 것을 죽을 때까지 기억하겠노라. 우리의 인연은 여기까지인 것 같구나. 이제 영원히 안녕, 잘 가시게. 나의 친구 노군이여.

모아나의 목걸이

친구 몇 명과 번개모임을 가졌다. 영화를 보고 점심을 먹자는 데까지는 합의가 되었으나 어떤 영화를 볼지에 대해서는 엇갈렸다. 대형 극장이라 상영관이 여러 개 있어서, 요즘 추세대로 비슷한 시간대의 각자 취향에 맞는 영화를 보고 1층에서 다시 모이기로 했다.

밥 먹고 커피 마시며 대화의 주제가 각자 감상한 영화 이야기를 하는 듯하더니, 어느새 손주들 이야기로 넘어갔다. 요즘 아이들은 너무 영악해서 할머니가 옛날이야기를 조금만 바꿔도 "그게 아닌데" 하며 따지고, 재미없으면 아예 들으려고 하지도 않아 고민이 이만저만이 아니라며 고개를 절레절레 흔들었다. 그날 나만 애니메이션 영화 〈모아나〉를 보았다. 친구들은 웬 디즈니 영화냐며 손주들과 대화거리가 되겠다며 이야기해달라고 재촉했다.

바다가 선택한 소녀 '모아나'가 저주받은 섬을 구하기 위해, 전설 속의 영웅 '마우이'와 함께 모험을 하여 부족을 구하는 이야기이다. 영화에서 주인공 못지않게 영향력 있는 인물이 옛날이야기를 해주는 할머니였다고 강조하니 모두 귀를 쫑긋 세웠다. 소향이 부른 주제곡 〈난 갈 거야 떠날 거야How far I will go〉는 들을수록 기분을 상승시켜준다. 음악이 희망을 가지라고 선동하는 것 같았다. 아이들도 뭔가를 하고 싶은 욕구가 왕창 생길 것 같다고 했더니 손주랑 봐야겠다며 좋아했다.

동서양에서 할머니는 손주들에게 옛날이야기를 구수하게 해주는 것이 보통이다. 이름이야 다르지만 옛날이야기, 전래동화, 설화는 비슷한 것으로서, 대부분 모험이 주를 이룬다. 어디에 무엇이 있는지 어떻게 해야 그것을 찾을 수 있는지 모르면서, 끝없이 찾아헤매다 주인공이 꾀를 내어 위기를 모면하는 형태이다. 일종의 창의적 문제해결력 테스트인 셈이다. 그래서 옛날이야기는 상상력과 문제해결 능력을 길러주는 생각의 씨앗을 어린 영혼에게 심어준다.

그 생각의 씨앗은 우리가 살아가면서 위기에 봉착했을 때, 할머니에게서 들은 옛이야기가 힌트가 되어, 난관을 풀어가는 지혜가 되기도 한다. 어렸을 때 베갯머리에서 들었던 할머니 이야기를 생각하면 고향처럼 마음도 푸근해지고 차분해진다. 요즘 재미난 놀이가 많지만 할머니 목소리로 들려주는 옛날이야기만큼 손주들에게 좋은 놀이 겸 교육적인 것은 없다.

〈모아나〉는 미국 영화로서 남태평양 여러 섬의 설화를 수집하여 만든 줄거리에 현대적인 느낌을 가미하여 만든 거대한 이야기이다. 영화 첫 장면에 탈라 할머니가 낮은 목소리로 그 섬의 전설을 이야기한다. 옛날에 '마우이'라는 반신반인半神半人이 생명의 신인 여신 '테피티'의 심장을 훔쳐 도망을 치는데, 경쟁자 '데카'의 공격을 받아 심장을 잃어버렸다. 그로 인해 섬과 섬으로 둘러싸인 그곳이 저주에 걸린다. 누군가 테피티의 심장을 찾아 돌려주어야만 저주에서 풀려나게 된다. 항해를 즐겼던 모투누이 사람들이 먼 바다를 안 나가는 것도 그 때문이라고 했다.

탈라 할머니가 내용에 따라 목소리를 높게 또는 무서운 소리를 내면, 듣고 있던 어린아이들은 으악! 소리를 내며 자지러지는데, 한 아이만 방실방실 웃으며 할머니에게 가까이 온다. 그 아이가 바로 족장 투이의 외동딸 '모아나'이면서 할머니의 손녀이다.

모아나는 족장인 아버지가 모투누이 섬 밖 넓은 바다로 왜 못나가게 하는지 궁금했다. 아버지는 족장의 후계자 수업이나 받으라며, 먼 바다에 대한 것은 관심조차 갖지 말라고 한다. 모험을 포기한 모아나가 차기 족장 수업을 착실히 수행하던 어느 날, 섬 전체가 저주에 걸려 코코아는 썩고, 물고기는 잡히질 않고 섬은 말라가기 시작한다.

섬 전체가 죽어갈 때, 할머니는 섬 안에 있는 한 곳으로 데리고 간다. 모아나는 그곳에서 조상들이 항해자였다는 것을 알게 된다. 당연히 물고기를 잡으러 멀리 갈 수 있다는 것도 깨닫는다. 할머니는 내가 너의 수호신이 될 테니, 마우이를 만나 테피티의 심장을 돌려주도록 바다로 나가라며, 목걸이를 모아나에게 걸어주고 눈을 감는다.

할머니에게서 많은 이야기를 들은 모아나는 점점 생각이 깊어지고 용기가 솟는다. 부족회의에서 섬이 죽어가니, 조상들의 정신을 되찾아 바다로 나가자고 주장하지만 거부된다. 그래도 모아나는 좌절하지 않고 밤중에 혼자 배를 타고 몰래 떠난다.

모아나가 거친 파도를 헤치고 나가 어렵게 마우이를 만난다. 반신반인인 마우이는 모아나를 무시하고 골탕을 먹인다. 그러나 목적이 일치해서 항해는 나간다. 항해 중에 모아나가 자기의 고민을 말하자, 마우이도 자신의 아픔을 이야기한다. 그 후부터 진지한 동료로서 서로 힘을 합친다. 거인 같은 남자 마우이와 왜소한 여자 모아나는 역할이 바뀐 듯이 활약을 한다.

결국 두 사람은 난관을 극복하고 세상을 구한다. 데카로부터 심장을 찾아와서 테피티의 심장에 넣으니까 재의 섬에서 녹색 섬으로 자연이 살아난다. 죽어가던 섬이 서서히 살아나는 순간 관객들도 마음이 정화되면서 뜨거운 감동에 젖는다. 코코아가 썩어가던 죽은 섬이 녹색의 섬으로 변화되는 것은 죽어가는 지구를 살릴 수도 있는 희망의 메시지가 아닐까.

모아나 아버지 족장처럼 요즘의 부모들도 아이를 세상에 내놓아 스스로 개척하게 두질 않는다. 하지만 할머니가 들려주는 옛날이야기에는 소중한 아이일수록 위험한 세상을 향해 타박타박 떠나서 스스로 난관을 극복하고 문제를 해결하며 금의환향을 하게 한다.

할머니 이야기는 세상이 마음처럼 되지 않아 잔뜩 위축된 아이들

마음에 희망을 준다. 뭔가 용기를 불어넣어주는 역할로 동서고금, 영화 속에서까지 할머니들은 100세 시대에도 할 일이 많다. 모아나도 할머니의 옛날이야기를 듣고 자라면서 섬을 구하는 족장으로 다시 태어나지 않았는가.

내 친구 할머니들은 손주들에게 어떤 목걸이를 걸어주며, 세상의 거친 파도를 헤치고 나가 이 나라의 '모아나'가 되라고 얘기를 해줄지 궁금하다.

당신의 외투는 무엇인가요

고골의 소설「외투」를 읽다보면 주인공 아까끼 아까끼예비치에게 외투는 행복이었다. 그래서 오늘을 살아가는 우리의 외투, 행복은 무엇인가를 생각해보게 하는 소설이다.

니콜라이 고골Nikolai Gogoli(1809~1852)은 러시아의 소설가이며 극작가이다. 그는 사실주의적 묘사와 풍자적 문체로 후대 작가들에게 큰 영향을 주었다. 도스토옙스키는 "우리는 모두 고골의 '외투'에서 나왔다"고 말했다.

「외투」의 주인공 '아까끼 아까끼예비치'는 9급 관리로서 공문을 정서正書하는 것을 삶의 즐거움으로 삼는다. 그에게 직업인 문서를 깨끗이 베껴 쓰는 정서는 단순한 일 이상의 애정의 대상이고, 즐거움의 세계이다. 어느 국장이 그가 너무 성실하여 좀 더 중요한 5급 직책을 맡겼으나, 그 업무가 너무 버거워 다시 9급의 정서하는 일로 돌아온 인물이다. 그렇게 자기만의 세계에 몰입해 있는 인물이었다.

그가 사는 페테르부르크의 강력한 적은 북쪽의 한파이다. 아까끼는 등과 어깨가 유난히 시려서 외투를 살펴보니, 두세 군데 구멍이 나고 양복지는 속이 비칠 정도로 닳았다. 그의 낡은 외투는 바로 아까끼의 삶을 대변한다. 아까끼의 삶은 그의 외투처럼 정체성도 없고 개성도 없는 아주 비참함 그 자체였다. 재봉사가 더는 수선이 불가능하다며, 새 외투를 맞추라고 권한다. 박봉으로 근근이 사는 그에게 목돈이 드는 새 외투를 장만하는 일은 너무 큰 사건이었다. 그러나 러시아의 추위로부터 살아남기 위해서는 외투를 맞출 수밖에 없었다.

필요한 돈을 마련하기 위해 매일매일 지출을 줄여나간다. 밤에는 촛불도 켜지 않고, 저녁도 예사로 굶는다. 이런 절약으로 일상은 전보다 궁핍해졌지만 새로 생길 외투를 상상하는 것만으로도 그는 삶의 활력을 느낀다. 미래의 행복을 위해서 그는 현재의 만족을 기꺼이 포기하며 미룬다.

그 대신에 미래의 외투에 대한 끝없는 이상을 머릿속에 그려보며 정신적인 포만감을 얻을 수 있었다. 이때부터 그 자신의 존재가 더 완전해진 것 같았고, 마치 결혼한 것 같기도 하였으며, 다른 사람과 함께 있는 것 같았다. 그러니까 혼자가 아니라 일생을 함께하기로 결심한 마음에 맞는 유쾌한 반려자를 만난 것 같았다.

처음으로 그에게 정서하는 일 이외의 목표가 생긴 것이다. 재봉사를 만나 어디서 옷감을 살지, 어떤 색깔로 할지 등 외투에 대한 것을 상의했다. 아까끼는 외투를 사기로 결심한 이후, 처음으로 정서를 하다가 글자를 틀리는 실수를 범한다. 이것은 아까끼가 점차 기계적인 삶에서 조금씩 인간적인 모습을 찾아가는 것으로 볼 수 있다.

그렇게 몇 달을 절약하여 새 외투를 손에 쥔 날을 '생애 최고의 날'이라 감히 말할 수 있을 정도로 아까끼는 행복해한다. 새 외투를 가진 후부터 아까끼 자신과 주변사람들이 조금씩 달라진다. 이전에 조롱하던 동료들도 오히려 새 외투가 생긴 아까끼에게 축하의 박수를 보냈다. 늘 다니던 길거리에서도 새로운 것들이 보였다. 그 이전까지 전혀 정체성이 없어 보였던 아까끼가 처음으로 사람들의 주목을 받기 시작한 것이다. 그날 저녁은 상사가 초대한 파티에 참석한다.

그는 파티를 끝내고 귀갓길인 광장에 들어섰다. 그때 어둠 속에서 콧수염이 난 사람들이 소리도 못 지르게 위협하고 발길질하며 외투를 빼앗아갔다. 정신을 잃었다가 깨어보니 외투가 없어진 것을 깨닫고 미친 듯이 강도를 당했다고 소리쳤다.

광장을 가로질러 파출소에 가서 호소했으나 내일 오라고 한다. 집주인이 차라리 경찰서장을 찾아가는 게 낫겠다 하여, 가서 반나절이나 기다려서야 서장을 만났다. 자기의 생명 같은 외투를 강탈당했다고 호소했으나, 왜 그렇게 늦게 귀가했느냐고 심문만 했다. 다음날 헌 외투를 입고 출근하니 동료가 동정하며 조언을 해줬다. 차라리 고위층을 찾아가면 해결할 수 있지 않겠냐고. 그 고위층은 격식을 중요시했다. 자기와 동급에는 예의 바르나, 낮은 직급의 사람에게는 졸렬하고 비열하기 짝이 없었다.

고위층 인사는 절차를 안 지켰다고 얼마나 크게 호통을 치며 윽박지르는지, 깜짝 놀란 아까끼는 넋이 나간 사람처럼 비틀거렸다. 경비원이 부축하지 않았다면 그 자리에서 쓰러졌을 것이다. 쌩쌩 몰아치는 눈보라 속을 걸어 집에 도착하니 후두염이 생기고, 온몸이 퉁퉁 부었다. 그 후 심한 고열로 앓다가 이틀 만에 아까끼는 죽고 만다.

새로운 삶에 만족해하던 아까끼에게 새 외투는 삶의 전부였으며, 그의 정체성을 나타내는 수단이었다. 그뿐만 아니라 추운 러시아에서 외투는 자신을 보호해주는 강력한 보호막이다. 그렇게 소중한 외투가 사라졌다는 것은 아까끼에게 모든 삶의 의미를 상실한 것과 같다.

그래서 외투를 찾기 위해 고위 관료에게 호소하지만, 위계질서를 지키지 않았다고 아카끼를 닦달하여 죽음으로까지 내몬 고위층 인사의 모습은 속물적인 관료의 전형적인 모습이다. 불필요한 절차나 형식으로 자신의 권위를 높이려는, 부패한 관료사회를 날카롭게 풍자한 것이다.

그 다음 유령이 나타난다. 아까끼가 죽은 후 페테르부르크 전역에 괴상한 소문이 퍼진다. 관리 모습을 한 유령이 칼린킨다리에서부터 먼 곳까지 밤마다 나타나 도둑맞은 외투를 찾으러 다닌다는 것이다. 외투를 입은 사람을 보면 무조건 자기가 잃어버린 외투라고 우기며 죄다 빼앗아간다는 것이다. 고위층 인사도 마차를 타고 집에 가는 길에 유령에게 외투를 빼앗긴다.

"아! 바로 네놈이로구나! 이제야 네놈을, 이제야 네놈을, 그러니까 저, 옷깃을 잡았구나! 난 네놈의 외투가 필요해! 내 사정을 좀 봐주지는 못할망정 그렇게 야단을 치다니, 자, 이젠 옷을 내놔!"

그를 도와주지 않고 호통만 쳤던 고위층 인사의 외투를 빼앗은 후 유령은 사라진다. 외투를 빼앗기고 억울하게 죽은 영혼이 고위층 관리의 옷을 뺏고자 달려드는 장면은 통쾌와 공포, 연민, 웃음까지도 자아내는 놀라운 상상력의 결과물이다.

외투는 삶의 방식 자체를 바꾸게 하고 급기야는 그것 때문에 목숨까지 잃고 만다. 그 원한을 유령이 되어서 고위층 인사의 외투를 뺏을 때는 독자도 일종의 카타르시스를 느꼈을 것이다. 이런 환상적인 상상을 통해 마음을 위로해줄 수 있는 것이 진정한 문학의 힘이 아닌가 한다.

이 작품의 주제는 주인공의 비참함을 통해 부패한 관료사회를 풍자, 비판한 것이다. 그러나 단순한 비판만이 아니라 '눈물을 통한 웃음'이라는 점에 고골 소설의 미덕이 있다고 하겠다.

몽유도원도

가무악극 〈몽유도원도夢遊桃源圖〉가 2012년 8월 5일부터 8월 12일까지 국립극장 달오름에서 재공연을 할 때의 기억이 아직도 생생하다. '한국의집'에서 2011년 1월에 공연했던 〈몽유도원도〉를 보고 얼마 동안 가슴이 아렸던, 이른바 〈몽유도원도〉 폐인이 되었던 기억이 떠올랐다. 나는 이 공연을 세 번 보았다. 볼 때마다 다가오는 느낌이 달랐고, 그 느낌이 한동안 지속적으로 내 가슴을 떠나지 않았다. 그만큼 설레게 한 작품도 드물다.

〈몽유도원도〉의 내용은 고소설 『운영전』을 한 축으로 삼고, 안견의 그림 〈몽유도원도〉를 그렸던 일화, 그리고 수양대군이 권력을 잡기 위해 일으켰던 '계유정난'을 잘 배합하여 흥미롭게 구성하였다. 줄거리 자체가 궁정의 내밀한 공간에서 벌어지는 이루어질 수 없는 사랑을 그리고 있는 데다가, 한국의 판소리·민요·춤·연희 등이 복합적으로 결합되어 있고, 출연진의 절절한 창과 역동적인 춤이 한국 전통예술의 정수를 보여주는 듯했다. 빛바랜 그림을 채색한

〈몽유도원도〉의 영상 처리도 새로운 감동이었다. 공연을 보는 동안 출연자들과 함께 꿈속에서 함께 헤매는 듯한 묘한 경험을 한 것도 이 작품이 뇌리에서 떠나지 않은 이유 가운데 하나다.

첫 장면에 몽유도원도 제목이 떠오르면 관객은 배우와 함께 모두 오백여 년 전의 안평대원군의 궁궐 속으로 들어간다. 안평의 궁궐 부계정사에서 문객들은 노래와 춤과 연희에 흥겨워한다. 세종의 아들 수양대군과 안평대군은 왕위계승과 권력쟁취에 대한 욕망 때문에 긴장 관계이다. 수양을 주군으로 모시는 무사 곤과, 안평의 여인인 궁녀 운영이 사랑에 빠지게 된다. 안평을 죽이라는 명령을 받은 곤은 이번 거사만 성공하면 초록 들판의 야생마처럼 자유를 노래할 수 있다는 벅찬 기쁨에 들떠 있다.

처음 운영은 안평을 보호하기 위하여 곤과 칼춤 대결을 벌인다. 그러던 두 사람은 서로가, 새장 속에서 안일하게 사는 것보다 거친 들판을 야생마처럼 달리는 자유를 갈망한다는 것을 알고 불 같은 사랑에 빠진다. 두 사람이 함께 부르는 이중창은 지금도 귀에 쟁쟁하게 들려온다.

초록 들판에 너를 안고 미친 듯이 달려가
비가 오면 비를 맞고 눈이 오면 눈을 맞으리.
너는 창공을 날아가는 어여쁜 한 마리 작은 새
나는 들판을 달려가는 자유로운 한 마리 말

그대 창문을 열어 내 마음의 창공으로 힘껏
내 마음의 창공으로 힘껏 날아오르라.

비 오는 밤, 함께 보내는 도중에 곤이 단도를 들어 운영의 손에 건넨다. 갈등하던 운영은 단도를 받는다. 다음날 안평은 생일잔치에서 눈길을 피하는 운영에게 구애의 노래를 부르지만 운영은 냉담하다. 안평의 다독임에 대하여 식어버린 사랑을 털어놓는다.

즐겁지 아니한가 오늘의 이 잔치.
행복지 아니한가 지금 여기 우리의 오늘.
황송한 말씀 하지만 이제는 공허한 대답.
어제와 다른 내일을 향한 이 내 마음.

안평의 생일잔치, 운영은 장수를 기원하는 천도복숭아를 올리기 위하여 무대를 가로질러 나온다. 사랑과 배반 사이에서 갈등하던 운영은, 단도를 들어 안평을 향하려고 숨겨 가지고 온 칼과 복숭아 쟁반을 함께 떨어뜨린다. 즉시 잡혀서 묶인 운영을 망나니가 칼로 내리치려는 순간, 곤이 자객과 함께 들어와 운영을 구하고 안평을 향해 칼을 겨눈다. 이때 운영은 자신의 몸을 던져 안평 대신 곤의 칼에 찔려 죽는다. 이때 수양이 등장하여 곤의 목을 베고, 안평에게 사약을 내린다. 이렇게 세 사람의 주검이 무대 위에 한동안 널브러져 있다.

세 사람은 무릉도원 속으로 함께 걸어간다. 새소리가 들리고 도화가 떠내려오는 무릉도원에서 세 사람의 영혼은 노래한다.

"꿈이로다. 꿈이로다. 모두가 다 꿈이로다. 부질없다 깨라는 꿈, 꿈은 꾸어서 무엇하리."

가무악극 〈몽유도원도〉의 비극은 자유와 권력에 대한 의지가 맞물려 갈등하고 화해하지 못하는 데 있다. 창공을 나는 새가 되기를 갈망하는 운영의 꿈과 들판을 자유롭게 달리고 싶은 곤의 꿈이 의기투합하여 이루어진 하룻밤의 격정적인 사랑. 그러나 권력이라는 꿈 때문에 형의 손에 죽게 되는 안평이나, 사랑 때문에 죽은 운영과 곤, 그것은 모두 부질없는 꿈이다. 이 장면에서 관객들은 공감하며 감동에 빠진다.

사랑과 자유에 목말랐던 운영과 곤, 권력을 향하여 질주하는 수양과 그 권력욕에 희생되는 안평, 그들이 꾸는 꿈은 모두가 다 부질없는 것이다. 이것이 〈몽유도원도〉의 주제가 된다. 15세기 조선의 궁정에서 이루어지는 비극적 사랑과 권력투쟁은 세계적 보편성을 확보하면서 공감대를 형성해나간다.

마지막에 한 마리의 새와 같은 비련의 주인공 운영이 부르는 노래와 춤은 너무나 아름다워 가슴을 아리게 하며 극에 몰입시킨다. 가슴을 에는 듯한 지독한 슬픔은 우리의 마음을 맑게 하는 카타르시스를 경험하게 해준다. 무릉도원, 그 이상향 그곳으로 운영은 한 마리 새가 되어 날아갔으리라.

장면과 장면 사이에 암전 상태에서 음악은 다음 장면을 예고하고 한글, 영어, 일어, 중국어 자막이 나와 줄거리를 친절하게 안내해준다. 객석에서 배우가 천 년의 궁궐 속으로 들어가기도 한다. 이렇게 간결한 스토리를 끊이지 않는 노래와 춤으로 전달시키는 힘이 대단하며, 이것이야말로 새로운 한류의 기폭제라는 생각은 변함이 없다.

〈몽유도원도〉는 우리 고전을 원재료로 삼아 고전의 맛과 현대의 감성이 세련되게 어울리는 가무악극으로 새롭게 만들었다. 특히 이번 공연은 한국의 IT 기술을 점검할 수 있는 무대가 될 것이라 하니 더욱 기대하는 바가 크다. 나는 운영을 만나러 가자고 벗에게 전화를 걸고 있다.

시니어 수필교실

S대 평생교육원에 수필 강좌를 개설해 강의한 지도 수 년이 되었다. 그런 연유로 이런저런 지인들 모임에 가면 으레 이런 질문을 받곤 한다.

"이젠 나이도 환갑 진갑 다 지나, 내 삶을 정리하는 책이라도 한 번 내봤으면 좋겠는데 마음뿐이지 엄두를 못 내고 있어요. 워낙 글재주가 없어서…. 혹시 좋은 방법이 있을까요?"

그때마다 나는 글을 쓰고 싶다는 생각만이라도 하는 사람은 이미 글을 잘 쓸 수 있다며 글쓰기를 독려한다. 나의 말에 힘을 얻었는지는 몰라도 그때는 곧 글을 써보겠다고 굳은 결심을 하지만 작심삼일로 끝나는 사람이 대부분이다. 그래서 나는 내 강좌명을 '내 글로 책 쓰는 비결'이라고 '비결'을 붙여놓고 글쓰기를 권장하고 있다.

오래 전에 실제로 그 비결을 실현한 적도 있었다. S대 수필 강좌를 맡기 전에 나는 어느 시니어 교실에서 수필 강좌를 맡고 있었다.

3월 봄학기를 여는 첫날 나는 학생들에게 학기가 끝나면 여러분의 글을 모아 한 권의 수필집을 낼 거라고 선언했다. 그들은 나이도 많고 글쓰기도 초짜들인데 그게 가능하겠냐며 갸우뚱했다.

그러나 책을 한번 내겠다는 꿈은 점점 영글어가고 있었다. 날이 갈수록 작품이 차곡차곡 쌓였다. 기본부터 배워 한 학기 동안 수강생 한 사람당 두세 작품을 집중적으로 합평을 해서 완성도를 높여 나갔다. 드디어 학기말에 공저 수필집을 발간하게 되었다. 학생들의 반응은 예상 외로 들떠 있었다. 부끄럽다고 하면서도 자신이 쓴 글이 활자화된 것이 신기하다며, 자식들에게 나눠주겠다며 몇 권씩 주문을 더 하였다.

S대 수필교실에서도 공저 수필집을 출간했다. 시니어 교실 학생이나 S대 수필반 학생이나 모두 공통점이 있었다. 부끄럽기도 하지만 잠재적으로 쌓여 있던 두려움, 열등감 등 쓰고 싶은 것을 쓰고 나니, 마음이 후련해지고 용기와 자신감이 생겼다고 하였다. 몇 분은 수십 년 동안 묵혀두었던 마음의 상처를 글로 풀어내니까 위로와 치유가 되었고, 기억력까지 회복되었다고 했다. 그래서 부부 사이도 좋아졌다고 했다. 한 학기 전에는 상상도 못했던 것을 작품집까지 내게 되니 너무 행복하다는 것이다.

해가 갈수록 많은 학생이 문단에 등단하고 몇몇 학생들은 자신이 쓴 글을 모아 버젓이 수필집을 출간하기도 했다. 그들의 가정에서는 축제도 벌어졌다. 늘그막에 할아버지 할머니가 문인의 반열에 올랐으니 가문의 영광이라며 모두 즐거워했다.

수필교실에는 각 분야의 저명인사들도 많다. 이미 전공 분야의 저서를 낸 분도 많다. 그러나 은퇴를 즈음해서는 전공 분야도 좋지만, 문학성 있는 수필집을 내라고 권유한다. 자서전을 내더라도 단순한 연대별 기록이 아닌 자전적 수필집을 권유한다. 백수를 넘기신 우리나라 1세대 철학자인 김형석 교수는 철학책보다는 수필집으로 더 유명해지셨고, 법정 스님도 불교 교리를 통해서 유명해진 것이 아니고 수필을 써서 더 유명해지시지 않았던가.

글을 써서 책을 냄으로써 인생의 전환점을 맞은 저자들도 종종 만날 수 있다. 평범한 주부였던 김미경은 음악과 스피치를 접목한 『김미경의 아트 스피치』로 스타강사가 되었고, 『지도 밖으로 행군하라』는 한비야를 오지여행 전문가로 만들어주었다. 평범했던 이들도 자신만의 이야기나 노하우를 담은 책을 써서 자신의 이름을 남기며, 존재가치를 높인 것이다.

유명한 사람만 책을 쓰는 건 아니다. 사실 살아 있는 모든 사람은 움직이는 대하소설이라고 하지 않는가. 우리 어머니에게도 자주 듣던 말이 있다. "내가 살아온 이야기를 글로 다 쓰면 소설책으로 몇 권이나 될 거다." 힘든 세상을 잘 살아낸 사람들 모두 자신의 삶을 돌아보고 정리할 수 있다면 성공한 삶이라 할 수 있지 않은가.

그동안 지도한 학생들을 매년 빠지지 않고 몇 명씩 우리나라 유수 수필잡지에 등단하도록 한 것은 학생들에게는 영광일 테고 나에게는 큰 보람이다. 문단에 등단해서는 열심히 문학활동을 한다. 또 여러 수필지에 작품을 기고하고, 학생들이 단독으로 출간한 수필집만도 십여 권이 된다.

오늘도 나는 청출어람을 부르짖으며 그들이 언젠가 우리나라 수필계를 이끌어가기를 꿈꾼다. 더 나아가 우리 모든 국민이 수필의 세계에 들어오기를 꿈꿔본다. 수필은 자기 고백의 문학이요 성찰의 문학이다. 치유의 문학이며 희망의 문학이다. 이 어지럽고 혼란한 시국에 그래도 아름다운 세상을 이룩할 수 있는 것은, 수필도 한 방편이 되어 움직인 덕분이 아닐까. 내가 수필교실을 열고 이어가고 있는 이유이기도 하다.

제2부
조팝꽃 향기

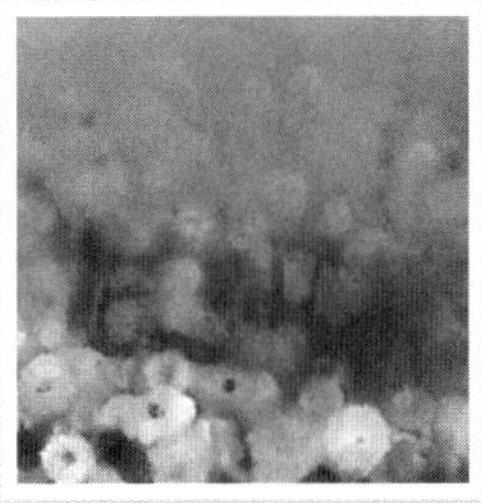

마음이 모여

내가 초등학교 삼학년 무렵, 어느 날 문득 엄마가 낯설게 느껴졌다. 평소와는 다르게 경건해보이며 존경스러운 마음마저 들었다.

깨끗하게 한복을 차려입은 엄마는 머리도 정갈하게 빗고 간절히 기도하셨다. 촛불 하나를 켜놓고 하얀 그릇에 정화수 한 그릇을 떠놓고 기도하는 모습은 사뭇 경건하였다. 나도 좀 떨어진 곳에서 엄마를 바라보며 손을 모으고, 무엇인가를 빌었다. 지금 생각해보면 그것은 오직 정성스러운 마음만으로, 천지신명이나 다른 사람의 마음을 움직이고자 하는 경이로운 일이었다.

마음은 모든 힘의 근원이다. 인간이 마음을 다해 최선을 다하면, 마음과 마음이 이어져 주변도 변화시킬 힘이 있다. 마음과 마음이 모여 개인의 역사를 새롭게 쓸 수도, 새로운 역사의 물길을 낼 수도 있는 순간이 될 수 있다.

고개 넘기

초등학교 5학년 때의 일이다. 1960년대에는 귀했던 여자 선생님이 우리 담임이었다. 담임 선생님은 5월 말쯤 체육연구수업을 하게 되었다며, 한 달 동안 열심히 연습하자고 했다. 다음 날부터 매일 방과 후 연습을 하던 일과 산을 넘으며 꽃과 나무가 철따라 변하는 것을 함께 보던 친구들이 가끔 생각난다.

주 종목은 뜀틀 넘기였고 평균대 연습도 했다. 평균대는 할 만한데 뜀틀 넘기는 어려웠다. 기본자세부터 단계별로 올라가 뜀틀 5단 넘기를 아이들이 거의 넘을 때였다. 선생님은 착 붙는 티셔츠를 입고 학생들을 집합시켰다.

"5단을 아직 넘지 못하는 학생은 4단 앞으로 모엿!"

뜀틀 넘기가 그렇게 쉬운 운동은 아니었다. 나는 끄트머리에 겨우 통과했지만, 우리 동네 숙영이를 포함한 일곱 명은 아직 5단을 넘지 못했다. 선생님은 방과 후 5단에 성공한 학생은 집으로 가고 일곱 명은 계속 연습을 시켰다. 나는 마침 평균대 연습을 해야 하므로 숙영이가 끝날 때까지 연습하고 함께 집으로 갔다.

학교에서 집으로 가려면 산을 하나 넘어야 했다. 산길은 좁은데다가 한쪽은 나무들이 많아 음침하고 고개 중간쯤 움푹 파인 골짜기에는 문둥이들이 종종 나타난다고 했다. 그들이 문둥병을 낫게 하려고 아이를 잡아가서 간을 빼 먹는다는 소문이 파다했다. 그래서 우리 동네 아이들은 혼자 다니질 않고 가급적 여럿이 다녔다.

함께 가다가도 고개 입구인 뾰족바위에 도착했을 때 무서움이 느껴지면, 누가 먼저랄 것도 없이 걸음아 날 살려라 하고 뛰었다. 100 m 달리기하듯이 뛰어 산 고개를 넘고 동네 지붕이 보일 때쯤이면, 걸음을 멈추고 숨을 몰아쉬었다. 동네 굴뚝에서 밥 짓는 연기라도 올라오는 게 보이면 마치 집에 다 온 듯 안심이 되었다.

숙영이는 키가 작아서인지 맨 끝까지 5단 넘기를 통과하지 못하여 늦게까지 연습을 해야 했다. 나도 평균대 연습을 하며 시간을 맞추었다. 둘이 산을 넘는 횟수가 점점 늘어났다. 노을이 물들어가고 어둑어둑해질 무렵 산 고개를 넘으면 다리가 후들거렸지만, 우리는 노래를 부르며 걸음을 재촉했다. 운동을 열심히 한 탓인지 두려움이 점점 사라졌다.

그날도 선생님의 집중지도를 받고 숙영이가 뜀틀을 향해 힘껏 달렸지만, 그냥 뜀틀 위에 올라타고 말았다.

“잘했어, 너무 세게 달려서 발이 안 맞았어. 구름판에서 조금만 힘을 빼자.”

연습을 거듭한 숙영이도 연구수업을 얼마 앞두고 5단 뜀틀을 거뜬하게 넘었다. 뜀틀 5단 넘기는 우리 반 모두 자신만만해졌다. 연습이 일찍 끝난 그날은 여럿이 함께 고개를 넘었다. 진달래가 온 산을 붉게 물들이고 있었다. 너도 나도 진달래를 꺾어다가 서로 머리에도 꽂아주고 꽃다발로 묶기도 했다. 왁자지껄하니 문둥이 생각도 잊어버린 채 즐겁게 고개를 넘었다.

선생님이 평균대는 중간에 접고, 우리 반 목표인 5단 뜀틀 넘기를 성공하자 새로 6단 넘기 도전팀을 구성했다. 10여 명 선발팀에 나도 포함되었다. 1단을 더 높였을 뿐인데, 뜀틀은 산처럼 높아보였다. 첫날 연습에서 키 큰 현숙이는 거뜬히 넘었다. 며칠 후 내 키만한 태숙이도 넘고 끝으로 나만 남았다. 내 차례가 되어 뜀틀을 주시하며 전속력으로 달려가 구름판을 힘껏 밟고 뜀틀을 넘는 순간, 엉덩이가 뜀틀 끝에 턱 걸렸다. 여기저기서 '아이코' 하는 소리가 들렸다. 쥐구멍이라도 찾고 싶었다.

그날도 방과 후 현숙이하고 셋이서 고개를 넘었다. 내가 의기소침해 있자 모두 말이 없이 걸었다. 고갯길 입구 뾰족바위에 도착했는데, 주변에 과자봉지가 여러 개 널브러져 있었다. "어, 과자봉지가 있네. 방금 과자를 먹고 여럿이 넘어갔나봐." 그러네 하며 셋이 동시에 웃음을 터뜨리며 마음이 확 풀렸다. 갑자기 기분이 좋아진 우리는 떠들기 시작했다. 그 고개를 여럿이 함께 넘는 기분이었다. 그날따라 주변의 꽃들도 한꺼번에 눈에 들어왔다. 산철쭉, 찔레꽃, 붓꽃, 민들레까지 봄꽃들이 야단이었다.

나와 현숙이는 이 꽃 저 꽃을 꺾어 꽃다발을 만들었다. 숙영이는 하얀 조팝나무를 꺾어 동그란 화관을 만들어 쓰고 공주 흉내를 내자, 현숙이가 꽃다발을 바쳐 우리는 깔깔대며 고개를 넘어갔다. 그러고 보니 이 고개는 우리에게 담력을 키워주는 학습장이면서, 자연과 친해지는 법을 터득하게 해준 고개였다.

우리는 뜀틀 넘기에 자신이 생기자, 고개 넘기도 그 전처럼 무섭지 않았다. 무엇이든 다 할 수 있을 것 같았다. 한 단계 높아진 6단은 불안과 두려움 그 자체였다. 자신이 없어 몇 번이나 머뭇거렸지만, 뒤에 친구도 뛰어야 하니까 내 차례가 되면 무조건 달려나가 그것을 넘어야 했다. 실패를 거듭하다가 한번 구름판을 힘껏 누르고 최대한 튀어올랐다가 사뿐히 날아 착지를 했다. 드디어 성공한 것이다. 그때의 기분은 날아갈 듯했고 그 희열감은 이 세상 무엇에 비할 바가 아니었다. 한번 뛰어넘은 뒤부터는 계속 사뿐사뿐 날아 착지했다.

우리 반 뜀틀 넘기 연구수업은 성공적이라고 했다. 여선생님이라 걱정했는데 잘했다고 담임선생님에게 모두 축하를 해주었다. 친구들은 공개수업이 끝난 후 바로 집에 가려니 왠지 허전하다고 했다. 게다가 담임선생님도 며칠째 결근을 하셨다.

선생님은 그 다음 주에 출근하셨다. 엷은 하늘색의 플레어스커트를 입고 다른 때보다 곱게 화장을 하셨다. 신혼여행을 다녀왔다고 했다.

조팝꽃 향기

내 고향인 충주시 주덕에 있는 덕신초등학교 5학년 때의 일이다. 우리 학교는 약간 높은 지대에 있어서 학교 건너편 멀리 3번 국도 신작로가 내려다보이고, 가끔 서울 가는 버스가 뽀얀 흙먼지를 날리며 달리는 것도 보였다. 우리 집 방향은 그와 반대쪽으로 낮은 산을 하나 넘어가야 했다. 방과 후 뜀틀 연습 후에는 더욱 같은 동네 아이들끼리 몰려서 집으로 갔다.

낮은 산이지만 어둑어둑해질 무렵 5학년 여자애들끼리 고개를 넘는 것이 처음에는 무서웠다. 그러나 한 달 정도를 함께 다니다 보니 노을 질 무렵의 산과도 친숙해졌다. 5월 말의 산과 나무는 점점 짙은 초록으로 물들고, 우리 피부도 점점 까무잡잡하게 변해갔다.

그 무렵이었지 싶다. 숙영이, 현숙이와 고개에 올라 잠시 산마루에서 아래쪽 산기슭을 바라볼 때였다. 햇빛이 부서져 내리는 그 싱그러운 풀숲에 분홍색과 주황색 꽃이 군데군데 무리 지어 피어 있었다. 그 장관을 보는 순간, '와' 하는 감탄사가 절로 나왔다. 우리는 꽃을 향해 빨려 들어가듯 산속으로 들어갔다. 제일 먼저 무리 지어 있는 연분홍 철쭉을 만나 신나게 꺾었다. 그 옆의 자줏빛 붓꽃도 만났다.

그 앞에는 다른 꽃과는 달리 기품 있어 보이는 참나리가 피어 있었다. 흔히 산나리라고 불렀던 꽃이 참나리였다. 더구나 그렇게 군락으로 피어 있는 것은 처음 보았다. 나리꽃은 늦은 봄부터 초가을까지 피는데, 그 중 노란 빛이 도는 붉은 색의 털중나리가 가장 먼저 핀다.

털중나리는 산에서 흔히 볼 수 있는 꽃으로, 꽃잎 여섯 장이 뒤로 확 말리고 꽃잎 안쪽에 듬성듬성 자주색 반점이 있어 모습이 예쁘다. 그런 자신감 넘치는 자태와 강렬한 색감이 사랑스러워 서로 꺾으려 했다. 우리는 꽃들을 꺾느라고 산속 깊이 들어간 것을 몰랐다. 숙영이가 '어머나 뱀이다' 하고 소리쳐서 우리는 정신을 차리고 후다닥 내려왔다. 숙영이 하고 현숙이는 집이 같은 방향이라 언덕 쪽으로 갔다.

나도 급히 내려오는데 꽃향기가 강렬하게 자극하여 둘러보니 찔레꽃이 한 무더기 피어 있었다. 꽃은 하얀색에 약간 분홍색을 띤 꽃잎으로 그쪽 골짜기 전체를 꽃향기로 진동시켰다. 조금 높은 곳에 피어 뒤꿈치를 들고 꺾으려 했으나 가시가 있어서 그만두었다. 그때 뱀 같은 것이 휙 지나갔다.

산속이 갑자기 고요해지고 무서웠다. 부랴부랴 산속을 빠져나와 동네 쪽으로 뛰기 시작했다. 누가 뒤에서 잡으러 오는 것 같아서 "엄마, 엄마아" 하고 크게 소리를 지르며 뛰었다. 그 목소리가 메아리가 되니 더 두려웠다. 그 사이 철쭉, 참나리, 붓꽃이 손에서 빠져나갔지만, 그것도 모른 채 걸음아 나 살려라하고 뛰었다.

그때 저 멀리서 어른의 목소리가 들렸다. "천천히 와. 아버지가 그리로 갈게." 그 순간 '와 아부지다' 하고 마음이 놓이면서 천천히 달리기 시작했다. 산 밑에 있는 옻샘 앞에서 뛰어오던 아버지와 만났다. 잔뜩 겁에 질려 있는 나를 아버지가 덥석 안아주었다. 갑자기 서러워서 엉엉 울었다.

"무슨 일이야? 학교에서 혼자 왔어?"

"아니요. 친구들이랑 오다가 산에 꽃이 많이 피어서 들어가서 꽃을 꺾고 나왔어요. 친구들은 자기네 동네 쪽으로 가고. 그런데…."

눈물을 펑펑 쏟으며 나를 무섭게 한 산을 혼이라도 내달라는 듯이 훌쩍대며 아버지께 말했다. 한바탕 울면서 이야기를 하고 나니 정신이 들었다. 아버지는 샘물 한 모금을 마시고 평평한 돌에 앉으라고 했다. 아버지도 물 한 움큼을 마시고 맞은편에 앉았다. 뛰어오느라 꺾은 꽃을 거의 흘렸지만, 한쪽에 꼭 쥐고 온 참나리, 철쭉과 붓꽃을 아버지에게 내밀었다. 아버지가 웃으셨다. 눈물을 닦고 일어서려는데 다리에 힘이 풀려 앞으로 넘어질 뻔했다.

조금 더 쉬라고 하며 아버지는 샘터 옆 밭둑으로 갔다. 이 옻샘은 산 쪽의 경사진 바위 틈새에서 물이 나오는데, 여름에는 차갑고 겨울에도 얼지 않아 오가며 물도 마시고 잠시 쉬어가는 쉼터였다. 산의 반대쪽은 급경사지면서 낮아진 평평한 밭이다. 옻샘부터 움푹 들어간 골짜기 길을 이십 분 정도 걸어가면 동네가 나온다. 그 골짜기는 평지보다 여름에는 서늘했고, 겨울에는 아늑했다. 그래서 밭둑에 피는 꽃들도 한 달 정도는 늦게 피고 졌다.

그래서였는지 산에서는 별로 눈에 띄지 않던 조팝나무꽃을 옻샘 밭둑에서 아버지가 몇 줄기 꺾어 오셨다. 아버지는 내가 가져온 꽃하고 함께 묶어 나에게 꽃묶음을 내밀면서 씩 웃으셨다. 평소 말이 없으신 아버지의 행동이 낯설었지만, 꽃다발을 만들어주는 모습은 가끔 오는 서울 아저씨처럼 멋져 보였다.

아버지는 종종 외출하셨다. 그날도 동네로 오는 다른 길로 귀가 중이었다. 동네 가까이 왔을 때 나의 목소리를 듣고, 무슨 일이 생겼는가 하여 내가 학교에서 오는 길로 달려온 것이다. 외출하고 오는 중이라 평소와 다르게 깨끗한 차림새였지만, 햇볕에 탄 굵은 손마디의 손으로 꽃다발을 만들어주는 아버지가 딴 사람 같아 보이고 뭔가 뭉클했다. 평생 아버지로부터 처음 받아본 것이라 잊지 못할 추억으로 남아 있다. 아버지는 상의를 벗어서 나에게 들게 하고, 나를 업고 집으로 갔다. 아버지의 널찍한 등이 그렇게 편안할 수가 없었다.

"괜찮아, 늘 다니는 학교 가는 길인데 뭐가 무서워."

그때 바람결에 밀려오는 조팝꽃 향기는 상쾌하면서도 달콤했다. 조팝나무를 우리는 그때 싸리꽃이라고 불렀다. 조팝나무꽃이 질 때는 마치 눈이 온 것처럼 땅에 소복하게 쌓이는 것도 보기 좋았다. 아버지의 꽃다발은 다닥다닥 붙어 있는 조팝나무의 꽃잎처럼, 내 마음속에 위로를 촘촘히 달고 있다.

봄에 지천으로 피는 조팝나무를 보면, '아버지의 꽃다발'이 생각나서 콧잔등이 돌연 시큰해지곤 한다. 녹색의 맑은 바람 사이로 야윈 아버지도 보인다. 내가 어려운 일이 있을 때마다 괜찮다며, 모든 게 다 잘 지나갈 것이라고 지금도 바람결에 말해주는 것 같다. 바람결에 조팝나무꽃 향기가 사방으로 번진다. 아버지의 모습이 눈에 어른거린다.

학보사 기자

모교 학보사에서는 학보 발간 500호를 맞아 홈커밍데이를 열었다. 까마득한 시절, 대학 일학년 햇병아리가 겁도 없이 학보사 기자 시험에 응시했다. 대학에 입학은 했지만 무언가 성에 차지 않아 학보사에라도 들어가면 새로운 무엇이 있을 것 같아서였다.

1970년대 학보사는 궁색했다. 200자 원고지에 기사를 작성하고, 신문 위에 색연필로 레이아웃을 해서 원고와 함께 퇴계로 인쇄소로 보냈다. 식자공이 조판을 하면 학보사 기자들은 내용을 살피고 수정을 했다. 학보 발간이 임박해서는 밤 늦게까지 교정을 보고, 어쩌다 소수는 밤샘 작업도 했다.

홈커밍데이에서는 하늘 같던 선배들과 새까만 후배들이 한자리에 모여 왁자지껄하며 신문 만들던 때의 추억을 쏟아냈다. 지독히 닦달하던 선배에게 공격을 하면, 자기는 절대 그런 일이 없었다고 오리발을 내미는 통에 웃음바다가 되기도 했다.

자부심도 있었다. 어느 후배는 학교를 다닌 것이 아니라 학보사를 다녔다고 해서 공감의 박수를 받았다. 사회에 진출해서도 기사 소재를 찾고 구상하던 일이 훈련이 되어, 일처리도 빠르고 승진도 빠른 편이라고 했다. 학보사 주간 교수님은 기자들에게 늘 강조를 했다.

"학생기자라도 시대정신을 인지하고 있어야 한다."

학생기자들이 만든 학보, 대학신문은 당시 대학생들에게 소중한 소통수단이었다. 이메일도 없던 1970년대는 학보의 전성기였다. 각 대학에서 발행되는 학보는 띠지 안에 보내는 이의 마음을 싣고 이 대학 저 대학의 우편함에서 누군가를 기다렸다. 우편함에서 먼저 본 친구가 강의실로 가져와 큰소리로 전하면 부러움의 대상이 되었다. 장학금 수혜자라거나 자기 글이 실렸다는, 깨알 같은 마음을 담은 학보는 신문 속 깨어있는 시대정신뿐만 아니라 소소한 마음까지 나르는 '대학문화'였다.

시대정신時代精神은 한 시대의 사회에 널리 퍼져 그 시대를 지배하거나 특징짓는 정신을 말한다. 최근의 시대정신이라 할까, 리더의 공감능력이 많이 회자되고 있다. 대통령 탄핵 이후 치른 2017년 대선에서는 공감능력이 유달리 강조되었다. 공감능력이나 소통은 대통령뿐만 아니라 모든 리더에게 필요한 덕목이다.

2014년 브라질월드컵은 독일에 네 번째 우승을 안겨주었다. 그 우승을 일궈낸 감독 요아힘 뢰브는 국가대표 출신도 아니고, 청소년대표를 잠깐 거친 것이 전부다. 최고의 선수가 국가대표를 이끌어야 한다고 생각하는 우리로서는 이해가 되지 않는다. 어떻게 스타 선수가 아닌 무명의 선수생활을 마친 그가 좋은 지도자가 되었을까? 스타 선수 출신 감독보다 무명의 선수 생활을 보낸 감독들은 종종 스타의 그늘에 가려져 있는 대다수 선수의 마음을 이해하고 공감을 잘한다. 그래서 선수들이 가진 능력 이상으로 실력을 발휘하게 한다. 역지사지易地思之하는 공감능력 때문이다.

리더의 덕목인 공감능력을 이미 조선시대에 실천한 사람이 있으니 바로 최장수 재상을 지낸 황희黃喜(1363~1452) 정승이다. 황희는 27세에 고려의 문과에 급제하여 관직생활을 시작했는데, 3년 만에 고려가 망하고 조선이 건국되자 황희는 고려 충신들과 함께 두문동에 은거했다. 그러나 원로 선비의 제안과 설득으로 어쩔 수 없이 하산하게 되었다.

"우리 가운데 한 사람을 뽑아 오늘의 우리 뜻을 후세에 전하고, 고려 백성들이기도 한 지금의 백성들을 보살피도록 젊은 사람을 세상에 내보냅시다."

젊은 황희는 반발했으나 결국 두문동에서 나오게 되었다. 그때 그의 심정은 어땠을까? 나라가 없어져 죽음을 각오한 원로 선비들을 남겨두고, 조각배 하나에 몸을 싣고 거친 파도를 헤쳐나가야 하는 비장한 각오를 하고 나왔을 것이다.

조선 초기에는 관직이 미미하다가 태종 때 비서실장 격인 지신사 중책을 맡아 일하며 태종의 각별한 신임을 받았다. 병이 나면 어의를 보내줄 정도였다. 그러나 양녕대군 폐세자문제를 놓고, 장자 폐위를 강력하게 반대하다가 파직되어 고향 남원으로 유배되었으나,

태종이 죽기 전에 세종에게 황희의 복직과 중용을 부탁한다. 세종은 자신의 즉위를 반대했던 황희를 중용하고, 세종 8년에 우의정에 제수하여 24년 동안 재상으로 등용했다. 그의 원만한 소통능력을 높이 샀기 때문이다.

황희 정승에 대한 일화 중에 그의 집 여종들 싸움에 대한 이야기가 유명하다. 하루는 여종들이 싸우다가 한 여종이 와서 상대를 이르자 "네 말이 옳다"며 그의 편을 들어주었다. 다른 여종도 와서 이르니 "네 말도 옳다"며 그의 편을 들어주었다. 옆에 있던 조카가 화를 내며 "어찌 모두 옳다 하십니까?" 하자, 황희는 "그래 네 말도 옳다"고 대답했다.

이 설화는 언뜻 보면 우유부단한 행동으로 볼 수도 있으나 황희는 각각 그들의 입장이 되어 이야기를 들어준 것이다. 여종은 황희 정승이 자신의 입장이 되어 들어주니 감동받고, 공감해주는 것 자체가 위안이 되어 스스로 문제를 해결했을 것이다.

두문동에서 나올 때 황희는 항상 백성의 입장을 생각하겠다고 마음에 새겼으리라. 정치인으로서 그의 삶도 평탄치 않았지만, 백성의 편에서 정치를 했기 때문에 공감능력이 뛰어난 게 아니었을까. 그런 점에서 황희는 진정한 지도자로서 시대를 앞서간 인물이라는 생각이 든다.

제자에게 시대정신을 강조한 교수님이나 황희처럼 뛰어난 공감력을 가진 지도자가 그리운 시대다.

영원한 은사님

윤재천 교수님을 처음 뵌 곳은 상명여자사범대학교 국어교육과 학과장실이었다. 나는 그때 2년제였던 서울교육대학을 나와 현직 교사로 있다가, 4년제 대학에 가서 공부를 더하기 위해 상의차 모교를 방문했다. 복도에서 우연히 P교수님을 만나 차를 마시며 방문 이유를 말하였다. P교수님께서 본인이 강의를 나가고 있는 상명여사대가 좋겠다 해서 더 알아볼 생각도 않고 곧장 편입을 했다. 그때 국어교육과 학과장이 윤재천 교수님이셨다.

그 시절을 회상하기 위해 40여 년을 훌쩍 넘긴 졸업앨범과 교지를 펼쳐보았다. 앨범을 보니 윤 교수님은 여학생들과 함께 환하게 웃고 계셨다. 교수님은 뽀얗고 조금 통통한 얼굴이다. 여대생들은 나팔바지에, 미니스커트에 싱싱한 젊음을 풀풀 날리고 있었다.

3학년에 편입을 하여 겉으로는 태연한 척했지만 서먹해서 속으로는 상당히 의기소침했다. 어느 날 나를 추천해준 P교수님의 강의가 끝난 후 윤 교수님과 함께 차를 마시게 되었다. 그때 내가 서울교대에서 학보사 기자를 했다는 이야기가 나왔다. 그랬더니 윤 교수님은 반색을 하셨다.

"그래, 그러면 글 좀 써봐. 문예 현상 모집도 있고 교지에도 작품을 싣고, 기회는 많아."

당시 우리 과에 시인으로 등단한 학생도 있고 문학모임도 있다는 사실도 알려주셨다. 기자를 했으면 글을 잘 쓰겠다며, 두 분이 의기소침해 있던 나에게 격려의 바람을 마구 불어넣어주셨다.

그 바람에 힘입어 나는 그때부터 혼자 소설쓰기를 시도해봤다. 그해 1973년 가을축제 〈제1회 현상 문예 작품 및 논문 모집〉에 응모했다. 당선작은 모두 교지校誌에 실렸다. 1회 공모 소설에서는 선배가 장원이고 나는 가작으로 당선되었고, 다음해에는 장원 없는 가작으로 내가 당선되었다. 지금 그 작품을 보면 부끄럽지만 그래도 두 번 다 원고지 60매 분량 정도를 쓴 것이 기특했다. 윤 교수님은 1973년에는 농촌봉사에 대한 논문을, 다음해는 수필을 실었다.

앨범을 보니 '문학의 밤' 행사 사진도 있었다. 그때 한국일보 소강당을 빌려서 개최하였는데, 내가 사회를 보았다. 시작할 때 T.S. 엘리엇의 「황무지」 일부를 인용했다. 잠시 후 쉬는 시간에 황무지 멘트는 좋았는데, 마이크를 너무 가까이 대고 말을 해 숨소리까지 들려 좋지 않으니 좀 떨어져 말하라고 친구가 알려주었다.

윤 교수님의 글 좀 써보라는 격려 한마디로 소설을 써보고, 문학의 밤 사회도 보면서 소심증에서 벗어나게 되었다. 수십 년이 지나

나도 대학에서 강의를 하고 뒤늦게 수필가로 등단하고 보니, 윤 교수님이 수필계의 거목으로 등대가 되어 불을 밝히고 계셨다. 나는 지금 그 불빛 아래에서 글을 쓰고 있다.

교수님이 강의 중에 하루는 해수욕장에서 여자 수영복을 입고 수영을 했다고 고백을 하여, 학생들이 박장대소를 했다. 기억을 해보면 윤 교수님 가족이 갑자기 해수욕장을 가게 되었고 어머니께서 수영복을 주셔서 그냥 입고 수영을 했는데 나중에 알고 보니 그게 여자 수영복이었다는 내용이다.

교수님의 수필문학에 대한 열정은 변함이 없다. 수필문학은 시론처럼 당시 대학 교육과정에 들어가 있지 않은 것을, 교육과정에 넣어 수필문학이 정식으로 교과목 대접을 받게 했다. 그 후 "수필의 날"을 제정하고 아포리즘, 실험수필 등 새로운 장르를 개척했다.

윤 교수님은 상명사대에서 나에게 처음 문학적인 글을 쓰도록 하셨고, 지금까지도 수필 쓰기에 정진하도록 이끌어준 영원한 나의 선생님이시다. 교수님이 항상 청바지 차림의 청년으로 우리 문학세계를 계속 이끌어주시기를 기도한다.

청바지와 아재문화

찢어진 청바지 유행

지난 여름에 S도서관을 다녀오는 길이었다. 처음 간 곳이라 길도 생소했지만 비탈이 심해 애를 먹었다. 그날 따라 청바지에 샌들을 신어서 더욱 그랬다. 일을 보고 내려올 때, 다섯 살 정도 되는 남자 아이와 아이의 엄마가 함께 내려왔다.

"전철을 타려는데 어느 쪽으로 가야 하나요?"

"전철역까지 좀 멀어요. 저랑 방향이 같으니까 같이 가시죠."

아이 엄마는 아이와 도서관에서 책을 빌려가는 중이었다. 급경사를 내려오니 완만한 길이 나왔다. 그 사이 휴대폰이 궁금해 열어보니 카톡이 수북했다.

휴대폰을 급히 덮고 아이 일행을 바라보니 앞의 횡단보도에 막 도착하고 있었다. 서둘러 가는데 파란불 신호등이 들어왔다. 아이 일행은 내가 오는 것을 보더니 건너기 시작했다. 나는 아이네와 같이 건너야겠다는 생각에 뛰듯이 걸었다. 횡단보도에 들어가서 뛰었는데 발걸음이 꼬이듯 엉키더니, 순식간에 야구선수가 결사적으로 슬라이딩하듯 차도 한가운데에서 쭉 대 자로 엎어졌다.

큰 핸드백에 들어 있던 서류봉투와 지갑 등은 미끄러지면서 살판났다는 듯이 튕겨나갔다. 망신스럽고 창피해서 고개를 들 수가 없었다. 차도 중간이라 양쪽의 차들과 길을 건너던 모든 시선이 나에게 꽂혀 있었다. 아프다고 널브러져 있을 상황이 아니라 고개를 드니, 눈앞에는 찢어진 청바지를 입은 청년이 안됐다는 표정으로 걸어왔다.

오른쪽 다리를 질뚝거리며 흩어진 것을 주섬주섬 주워, 되는 대로 가방에 넣었다. 오른쪽 무릎이 쓰라려서 보니, 바지의 무릎 옆으로 창문 하나를 뻥 뚫은 것처럼 구멍이 났다. 무르팍의 반은 드러나고 무릎 옆에선 피가 질질 흘렀다. 앞서가던 아이 엄마도 사방으로 튀어간 물건을 주워와서 괜찮냐고 했다. 아이도 나를 보고 자기 엄마에게 이야기한다.

"엄마, 큰일났어. 아줌마 무릎에서 피가 막 나네."

그 순간 창피하면서도 나도 모르게 찢어진 청바지를 입는 유행에 끼었구나 하며 실소를 했다.

아재현상

내 바지가 찢어진 청바지가 되었다, 패션 분야에서 찢어진 청바지가 젊은층의 전유물이다. G마켓 2016년 자료를 보면 40~50대 남성의 청바지 구매량이 전년보다 4배 이상 증가했다는 것을 읽고 놀랐다. 이것은 아재에게 열광하는 문화가 생기면서, '오빠패션'이라고 할 수 있는 제품이 많이 증가한 것이다. 왜 이렇게 아재들의 청바지 소비가 늘었을까?

내가 어렸을 때 충청도 우리 고향에서는 아저씨뻘 되는 총각을 아재라고 불렀다. 그 아재라는 호칭이 2015년을 전후로 방송이나 소셜네트워크 상에서 갑자기 많이 등장했고, '아재개그', '아재패션' 등 '아재'가 대중문화를 읽는 키워드가 되었다. 이런 아재라는 대중문화가 유행된 배경은 아재와 관련된 문화콘텐츠가 늘어나면서, 주로 30대 후반에서 50대까지의 중장년층 남성을 가리키며, 이들이 젊었을 때 유행했던 패션이나 취향을 포괄하게 되었다.

아재는 아저씨의 낮춤말이라는 사전적 정의와 친척에게 불렀던 호칭으로 보아, 사회의 시선이 아저씨를 더 친근하고 정겹게 보고 있다는 것을 알 수 있다.

"아재현상"이 문화 전반에 유행으로 자리잡게 된 데는 아재개그의 힘이 있다. 아재개그는 아재와 개그가 합쳐진 말로 재미없는 말장난, 언어유희, 유행에 뒤처진 개그를 의미한다. 전에 재미없는 농담을 썰렁개그라고 했다면, 이제는 그 자리를 아재개그가 대신한다고 볼 수 있다. 반성문을 영어로 하면? '글로벌', 세상에서 가장 무서운 전화기는? '무선전화기' 등과 같다.

아재개그가 대중들로부터 주목받기 시작한 것은 〈마이 리틀 텔레비전〉 프로에 출연한 오세득 셰프부터이다. 그는 방송에서 시종일관 "양손으로 해야 양념", "대하大蝦철에는 대하大河 드라마를 틀죠" 같은 썰렁 멘트로 인기를 얻었다. 처음엔 역시 아저씨라며 흉을 봤지만 시간이 지나자 "그의 아재개그에 세뇌된다"며 자꾸 생각난다는 것이다. 이런 아재개그가 다양한 채널을 통해서 퍼졌다.

아재들의 개그는 권위의식을 버린 채 어설픈 유머를 하고, 인터넷 용어는 모르지만 소통하려는 중장년층 모습에서 친근감과 인간미를 느낄 수 있다.

아재의 두 양상

이 현상을 받아들이는 남성들의 모습은 크게 두 가지 아재의 양상으로 나타난다. 아예 처음부터 유행에 뒤처짐을 인정하고 아재임을 자처하는 사람과 나는 아재가 아니며 여전히 젊다는 것을 강조하려는 사람이 있다.

아재이길 자처하는 사람들은 스스로가 트렌드를 쫓아가지 못하는 것을 인정하는 반면, 자신들의 권위도 내세우지 않는다. 아예 젊은 세대들과 소통할 때 "나는 40대 아재입니다. 트렌드를 잘 몰라도 이해해주세요."라는 전제를 깔고 대화하기 시작한다.

반면 아재다움에서 벗어나고자 하는 사람들은 적극적으로 젊은 세대의 문화를 흡수하고, 자신의 나이에 맞게 적용하려 한다. 청바지처럼 젊은 사람들이 많이 입는 옷을 입고 출근하는 중년층이 눈에 띄는 것도 이런 노력 중의 하나인 듯하다.

요즈음은 중년층도 청바지에 백팩을 메고 출근하는 것을 흔히 볼 수 있다. 이런 외형뿐만 아니라 정신적으로 나이를 훌쩍 뛰어넘어

창의적으로 이끄는 사람도 있다.

수필가 윤재천 교수는 20년이 넘게 청바지를 입고, 헌틴캡(흔히 빵모자)을 쓰고 다닌다. 사회적 통념으로부터 자유롭고 젊게 살고자 한다. 작년 동인지 출판기념회 때에는 참가자 전원이 청바지를 입고 참석을 했다. 꽃중년을 훌쩍 넘었지만, 외형뿐만 아니라 정신적으로도 문학계를 새롭게 이끌어간다. "수필의 날" 선언문을 낭독하고 지금의 수필의 날도 제정하였다.

아재문화의 의미

'아재'라는 단어와 함께 나타나고 있는 최근의 현상에는 소통을 위한 세대간의 노력이 숨어 있다. 가부장과 위계질서 중심이었던 한국 사회가 세대간의 거리를 좁히고 수평적으로 변화하기 시작했다는 것에서 아재문화의 의미를 찾을 수 있다.

요즈음 나도 가끔 그 찢어진 청바지를 입고 다닌다. 비록 내가 원한 찢어진 청바지는 아니었지만, 내 몸이 젊은이들과 소통을 시키려고 피를 흘리면서까지 찢어진 청바지를 만들어준 것 같기 때문이다.

따뜻한 간달프

몇 년 전 여름에 나는 문자를 하나 받았다. B대학에 계시는 김 선배가 한국어교육을 해외에서 강의하기 위해 떠난다는 것이다. B대학 강의를 나간 지 얼마 안 되었을 때 일이 생각났다.

B대학에는 중앙에 계단이 많이 있다. 세어본 적은 없지만 계단이 백 개도 넘을 것으로 보인다. 첫 시간 수업이 계단 위 본관에서 있는 날은 마음이 더 바쁜데, 그날은 안개까지 자욱했다.

그 당시에는 〈해리포터〉, 〈반지의 제왕〉 등 판타지 영화가 한창 인기가 있을 때였다. 맨 아래에서 위를 쳐다보면 안개에 감싸인 그 신비한 모습은 동화 속의 성과 같았다. 안개가 자욱하게 건물을 휘감고 주변은 뿌연 것이 마치 환상의 세계로 들어가듯 정신없이 계단을 올라가고 있었다. 계단을 거의 다 올라갔을 때 갑자기 하얀 머리의 간달프가 나타났다.

'아니 웬 간달프께서…. 여기가 어디지….'

"김 교수님 앞 좀 보고 다니세요. 넘어지겠어요. 1교시 수업이 있군요."

깜짝 놀라 정신을 차리고 보니 하얀 백발의 김 선배였다.

"아유 깜짝이야! 선배님 놀랬잖아요."

"너무 계단만 보고 오기에 나도 보물이래도 있나 하고 봤는데…. 아무것도 없네요. 허허."

선배의 썰렁한 유머를 뒤로 하고 허겁지겁 강의실로 올라갔었다. 왜 흰머리를 보고 간달프를 생각했을까. 간달프하면 영화 〈반지의 제왕〉에서 절망하고 있는 프로도를 위로하는 명장면이 생각난다. 프로도가 반지 운반의 책임을 맡은 반지원정대는 먼 길을 떠나면서 많은 난관을 만난다. 그때 간달프가 흰머리를 휘날리며 그들을 이끌어주는 역할을 한 것이 생각났다. 선배님이 짠하고 나타났을 때 간달프가 왜 떠오른 것이지? 하며 급히 수업에 들어갔던 것이 떠올랐다.

새 학기 시작하고 얼마 안 된 때였다. 수업을 마치고 김 선배와 차를 마시며 이야기를 나누던 중 갑자기 나에게 물었다.

"그럼 000 교수를 알겠네요?"

"혹시 그 사람이 미술 하는 사람인가요?"

결국 그 사람은 내가 잘 아는 동창이었다. 학교 다닐 때 학보사에서 같이 일한 친구라고 하니, 당장 어디를 가자며 앞장을 섰다. 그 친구를 언제 봤냐고 하기에 졸업 후 30년이 넘었는데 그 사이 한번도 못 봤다고 했다. 선배는 어느 연구실 앞에 가서 노크하고 문을 열더니, 나를 먼저 들어가게 했다. 밀려서 들어가보니 30년 전 졸업 때 헤어졌던 친구가 거기에 있었다.

깜짝 놀라며 우리 두 사람은 반가워서 가볍게 포옹을 하였다. 그리고 소파에 앉았는데 그때 김 선배의 표정은 지금도 생생하게 떠오른다. '아니 이것들이 선배 앞에서 무슨 짓거리를 하는 것이야' 하는 표정으로 의심에 찬 눈초리였다.

"두 사람이 친했어요? 둘이 무슨 사이였어?"

한바탕 웃으면서 학보사에서 한 사람은 삽화를 그렸고, 한 사람은 학보사 기자로서 친했다는 이야기를 들으시더니 표정이 좀 누그러지는 것 같았다. 그 당시 우리는 솜털이 보송보송한 학보사 새내기들로서 수업만 끝나면 학보사에 모여 깔깔거렸다. 그 친구는 미대를 다니다 왔기 때문에 나이는 우리보다 많았지만 성격이 호탕하여 학보사를 매일 웃음바다로 만드는 친구였다. 선배가 먼저 나가고 나서 그 친구가 말했다. 김 선배가 후배들에게 많은 배려를 한다며 정말 전형적인 사도師道를 실천하시는 분 같다고 했다. 특히 하얀 백발에 여름에도 반듯한 정장 차림을 하는 분이다.

하루는 선배 연구실에서 차를 마시면서 여러 가지 이야기를 나누었다. 선배의 지인 중에 새롭게 발견한 자료를 가지고 연구한 것이 잘되어 원하는 대학에 자리를 잡은 분에 대해 스크랩해둔 것을 보여주었다. 나의 연구 방향까지 조언해주었다.

선배와 나는 전공이 같아서 종종 전공 이야기를 나누기도 했다. 한번은 선배님이 쓴 논문을 읽어보라고 보내서, 나름대로 의견을 적어 보냈더니 전화까지 하며 얼마나 칭찬을 하는지 민망했던 기억도 떠올랐다.

선배를 다시 보았다. 이런 식으로 용기를 주시는구나 하며 울컥했다. 선배님의 평소 반듯하고 정확해야 할 것 같은 까칠한 모습과는 다르게 따뜻한 모습에 감동했다.

따뜻한 말 한마디를 듣는 순간, 되는 것이 없어 주눅들어 있던 나도 뭔가 할 수 있을 것 같은 용기가 샘솟았다. 그날 따라 차를 타러 내려오는 그 길에, 뒹구는 낙엽도 손을 흔들고 풀포기도 살아 움직이는 것 같았다. 세상이 모두 친구가 된 듯이 정겹고 행복했다. 결국 그런 요인들이 간달프를 떠올리게 된 것 같았다.

작년 여름에 그 선배 정년 기념식에 참석하고 미술 하는 친구와 나오면서, 정년을 마치고 외국에 한글을 가르치러 간다는 김 선배의 도전정신을 부러워했다. 몇 년 전에 받은 〈외국인을 위한 한국문학〉과 한국문화를 소개하는 책들이 생각났다. 아 그렇구나. 도전정신과 다른 사람을 배려하는 따뜻한 마음이 또다시 외국에 나가 한글을 가르치려는 정열의 원동력이 되었음을 알 수 있었다.

진기심盡己心

친구에게서 연락이 왔다. KBS 〈불후의 명곡〉을 방청할 기회가 생겼으니 같이 가자는 것이다. 방청하는 날 여의도 KBS 근처 버스 정류장에서 내렸다. 여의도 전체에 하얀 벚꽃이 흐드러지게 피어 있었다. 나무마다 흰 색과 연분홍 벚꽃이 뭉게뭉게 피어 있는 것이 새삼 대단해보였다.

방송국을 향해 몇 그루의 벚나무 옆을 지나다가 나는 깜짝 놀랐다. 한 아름이 넘는 벚나무의 몸통 색깔이 밤색을 지나 까맣게 보였다. 그 덩치 큰 나무줄기에 작은 꽃들이 다닥다닥 붙어 있는 것을 보니, 엄마가 아이를 등에 업고 안은 것 같았다. 나무가 있는 힘을 다해 쥐어짜듯 꽃을 피운 것으로 생각되었다.

모든 것을 희생시키고 오로지 화려한 꽃만 피운 느낌이다. 까만 몸통이 평생을 있는 것 없는 것 다 바쳐 자식 키우느라 앙상한 뼈만 남은 늙은 부모처럼 느껴졌다. 그 순간 벚나무가 자기의 모든 것을 다 바친, 진기심盡己心 나무라는 생각이 들었다.

그날은 국내 최고령 작곡가 손석우씨가 KBS2 〈불후의 명곡〉에 "전설"로 출연하였다. 〈노란 셔츠의 사나이〉, 〈우리 애인은 올드미스〉 등 많은 명곡을 만들었고, 스타를 발굴하여 한국 대중가요의 새 시대를 연 작곡가라고 하였다. 〈노란 셔츠의 사나이〉를 불러 당시 국민가요라 불릴 만큼 많은 사랑을 받았던 가수 한명숙과 음악평론가 강헌도 참석했다. 사회자는 손석우 작곡가가 올해 95세라고 소개하며 그에게 물었다.

"작곡한 것이 오래된 일인데, 기억이 또렷하세요?"

"기억이 납니다. 자유분방한 젊은 아티스트들이 나의 오래된 노래를 들려주신다 해서 기대가 큽니다."

흰머리를 올백으로 넘긴 마른 체형의 그는 아기처럼 순진하게 웃었다. 젊은 가수들이 나와 새로 편곡한 노래를 부를 때마다 방청석 열기는 점점 더 뜨거워졌다. 나도 명곡판정단의 일원으로 버튼을 종종 눌렀다.

중간에 사회자의 질문에 손석우 작곡가는 목소리가 조금 힘이 없고 떨리기까지 하였다. 그에 비해 옆의 젊은 평론가는 힘 있는 목소리로 〈노란 셔츠의 사나이〉가 너무 유명해져서 영화까지 나와 히트하고, 한류의 원조 노래였다고 신나게 이야기를 하였다.

그날 참석한 가수 한명숙은 거동이 불편해보였다. 중간에 잠시 나갔다 오는 데도 지팡이를 짚고 부축을 받으며 거동을 하였다. 그 모습을 보는 순간 우리 어릴 때 그렇게 인기 절정이었던 한명숙씨도, 이제는 남의 도움 없이는 움직이는 것조차 곤란하구나 하고 생각하니 마음의 서글펐다.

그 순간 오랫동안 나에게 많은 생각을 하게 했던 소설 속의 주인공이 떠올랐다. 나는 『청화담淸華談』이라는 6권짜리 한글 흘림체 장편 고전소설을 해독하고, 그것을 분석하여 학위논문을 쓰느라고 무척 고생한 적이 있다. 특히 기초 작업인 흘림체를 읽어내고 워드로 치는 일에 많은 시간이 투자되었다. 그 『청화담』을 최초로 해석하고 분석하다보니, 불확실성과 많은 망설임 속에서 혼자 판단을 하고 결정을 해야 하는 불안까지 껴안게 되었다.

『청화담』 소설에서 전생前生의 서 씨라는 여주인공이 가장 가련하였다. 박사논문을 끝내고도, 드라마 끝나고 계속 생각나는 것을 드라마 폐인이라고 하듯이 서 씨가 눈에 밟혔다. 서 씨와 영주자사(중국 영주의 도지사)가 전생에서 이루지 못한 간절한 사랑을 환생하여 이루는 것으로 해석하였다. 그 부분의 해석이 탁월하다는 평가도 받았다. 그러나 19세기의 작가도 정말 그런 의도였을까 하는 의구심은 잔상처럼 남아 있다.

그날 방송국을 나오면서 그래도 풀리지 않았던 수수께끼 하나는 확실하게 푼 느낌이 들었다. 전생에서 이루지 못한 사랑을 조선에서 환생하여 이룬다는 작품해석에, 그럴 수 있다는 강렬한 생각이 몰려와 불안감을 떨쳐낼 수 있었다.

『청화담』에서 서 씨와 결의 남매를 맺은 영주자사가 연달아 죽음을 맞이한다. 두 사람은 춘삼월 꽃이 날리는 정자에서 가족들과 꽃과 달을 감상한다. 그때 서 씨가 꽃향기에 슬퍼져서 눈물을 하염없이 흘리며 하늘만 쳐다본다. 여러 가지 새로운 행복과 문화적 충격으로…. 영주자사도 서 씨의 그런 모습을 보고 눈물을 비 오듯 흘린다. 주변 사람들은 당황하여 어쩔 줄을 모르는 사이에 서 씨가 갑자기 죽음을 맞이하고 몇 시간 후에 영주자사도 죽게 된다.

나는 이 부분에서 책을 내던졌다. 서 씨가 이제부터 살 만한데, 왜 작가는 죽게 하는가 하고 화가 났다. 그렇게 효도만 하고 사랑도 못해본 사람을 왜 죽음으로 몰아넣을까 하며 작가의 한계라며 투덜거렸다. 작가의 뜻이 무엇이기에 주인공들을 모두 죽게 하는 거야 하며 화도 치밀었다. 너무 마음이 답답하여 손에 잡히는 대로 책을 하나 빼서 읽었다. 그때 번득이는 생각이 하나 떠오르며 나도 모르게 소리를 질렀다.

"그래, 바로 이거야. 진기심盡己心, 인간으로서 할 수 있는 최선을 다한 것은 감동이지. 감동할 수밖에 없지."

이 수필에서 『청화담』 6권의 이야기를 제대로 전할 수는 없지만, 서 씨라는 여인이 사당祠堂에 제물祭物로라도 팔려가서 시아버지를 살리겠다는 행동이 어찌 쉬운 일인가. 작가는 죽음이라는 장치를 통해 새로운 인연을 만나 이루지 못한 사랑을 이루게 한 것 맞아. 멋진 해석이야.

꼭꼭 숨겨놓은 보물을 찾은 것처럼 그 해석이 더 이상 흔들리지 않을 것 같았다. 조선조 말기(1880년 추정)에 효행에 대한 보상으로 사랑을 이루게 됨으로써 당시 독자들에게 많은 위안을 주었을 것이다.

〈불후의 명곡〉에 나온 오래된 노래도 새롭게 편곡하여, 젊은 가수들이 새로운 명곡으로 부르고 있지 않은가. 전설적인 작곡가나 가수가 온몸을 다 바친 노래도, 젊은 가수에 의해 또 새로운 노래로 태어나지 않는가. 그것을 보고 깨달았다.

노래에서 정답의 편곡이 어디 있는가. 새로운 편곡으로 불렀을 때 듣는 이가 아름답고 즐겁게 느낀다면, 그것이 잘된 편곡이고 좋은 노래가 아닌가.

소설 작품해석의 의구심은 작가가 제시한 정답이 있을 텐데, 그것을 다르게 해석한 것이 아닐까 하는 흔들림에서 나오는 것이다. 바른 작품해석이 무엇인가. 정답이 있을 턱이 없으니 정답에 집착할 것이 아니고, 논문 심사위원(독자)들이 만족스럽게 평가를 하였으면 그것이 좋은 해석이 아닌가. 더군다나 탁월하다는 평가까지 들었으니 더 이상 흔들릴 필요는 없다는 생각으로 마음이 편해졌다.

고향 언덕

지난 추석에 고향집을 찾아갔다. 이웃 사람이 우리 집과 옆집을 사서 축사로 만들었다는 소문을 십여 년 전에 들었다. 그 후로는 고향집에 가지 않았다. 축사가 된 그 집을 대할 자신이 없었기 때문이다. 유년의 추억이 몽땅 날아가버릴 것 같아서였다.

생전 처음『새벗』이라는 어린이 잡지를 그 집에서 읽었다. 초등학교 3학년 때쯤 나보다 열여섯 살이나 많은 오빠가 사다준 것으로 책 표지 그림이 아직도 생생하다. 시골의 어린 소녀는 세상에 이런 세상도 있구나 하며 놀라워서 책을 손에서 떼지 못했다. 동시, 동화, 소설 등 여러 장르의 글이 신기하고 재미있었다. 내가 온종일 책을 끼고 있는 걸 본 오빠는 그 후 집에 올 때마다 동화책을 한두 권씩 꼭 사다 주었다.

그 집에서 독일 시인 칼 부세의「산 너머 저 산 너머」를 읽으며 자랐다. 저 산 너머 또 너머 저 멀리/ 행복이 있다고 말들 하건만/ 아, 남들 따라 행복을 찾아갔다가/ 눈물만 머금고 돌아왔다네.//

그리고 모리스 마테를링크의 동화극 주인공 '틸틸과 미틸'과 같이 행복의 파랑새를 찾아 헤매기도 했었다. 처음 크리스마스 카드를 받았을 때의 놀라움도 그 집에서 경험했다. 뾰족한 지붕의 교회당과 크리스마스 트리가 반짝거리고, 노란 불빛이 따뜻해 보이는 카드는 너무 신기했다. 그 카드는 동화에서 읽었던 일이 일어날 것 같아, 오랫동안 내 앉은뱅이책상 서랍에 깊숙이 간직했다.

고향 집 뒤에는 나지막한 언덕이 있다. 언덕에 올라가 내려다보면 도시로 가는 넓은 신작로가 구불구불 하얗게 들판 가운데로 뻗어 있었다. 오른편에서 내려온 산자락은 야트막한 화개산에서 멈춰, 산 밑으로 개천이 흐르고 옆은 들판으로 이어졌다. 왼편으로는 멀리 산이 보이고 마을들이 이어지다가 들판으로 내려온다. 들판 위로는 파란 하늘과 만나는 지평선이 아련하게 보였다. 항상 그 들판 끝으로부터 도시에 나가 있던 오빠는 동화책이나 책가방을 사가지고 왔다.

그런 추억을 떠올리면서 먼저 옛 집으로 가보니, 나의 유년 시절의 포근하고 아늑한 집은 온데간데없고, 가축분뇨 냄새가 코를 찔렀다. 식구들이 모여 식사를 하던 안채, 동네 사람들이 모여 이야기꽃을 피우던 사랑채, 대추나무와 우물이 있는 안마당, 명절 때면 동네 사람들이 모여 윷놀이도 하며 왁자지껄하던 바깥마당이 흔적도 없이 사라지고, 병영 같은 축사만 있을 뿐이다. 맥이 탁 풀렸다. 어떻게 이렇게 흔적도 없이 사라질 수 있단 말인가.

그 순간 일본 애니메이션 영화 〈센과 치히로의 행방불명〉이 생각났다. '치히로' 가족들은 이사 도중 낯선 터널로 들어가서, 부모가 명계冥界의 음식을 먹어 돼지로 변하고, 치히로는 온갖 정령들이 모여드는 온천장으로 가게 된다. 살아남기 위해 온천장 주인인 마녀 유바바에게 '치히로'라는 인간 이름을 빼앗기고, '센'이라는 이름을 받아 종업원이 된다. 고군분투하며 인간세계로 돌아가고자 할 때 친구 '하쿠'가 말한다. 인간세계로 나가려면 '이름'과 '살았던 곳'을 결코 잊으면 안 된다고. 결국 센은 '치히로'라는 이름을 잊지 않고 기억해서 부모님을 구하고 인간세계로 귀환하게 된다. 친구 하쿠도 잃었던 이름을 기억해내어 자신을 되찾고 자유의 몸이 된다. 자신의 정체성을 잃지 않는 것이 얼마나 중요한 일인가를 깨닫게 한다.

이름과 살던 곳을 잃지 않는 한 자신으로 돌아갈 수 있다는 그 영화. 나는 축사일 망정 옛날 집의 흔적이 있을까 여기저기를 살피다가, 혹시 뒤란의 흔적은 남아 있을까 하여 뒷동산으로 연결된 담장을 따라 올라갔다. 풀이 무릎까지 무성한 풀숲을 헤쳐 뒷담을 따라가봤지만, 담장 대신 울타리 나무가 빽빽하여 고향집 뒤란은 볼 수조차 없었다. 허탈한 마음으로 뒤쪽 언덕으로 올라갔다.

주변을 둘러보았다. 옛날의 키 작은 소나무, 작은 참나무가 훌쩍 커버려 나를 내려다보며 반기는 듯했다. 봄이면 개나리, 진달래, 할미꽃이 피고, 여름이면 손톱만 한 하얀 개망초꽃이 다닥다닥 깔려 있고, 가을이면 보랏빛 쑥부쟁이가 여기저기서 손을 흔들고 도토리가 널려 있던 언덕이었다. 겨울에 눈이 오면 비료부대를 가지고 눈

썰매를 타다 나뒹구는 곳이기도 했다.

높은 곳에서 내려다보니 어려서 바라봤던 풍경이 한눈에 들어왔다. 고향의 산자락과 들판과 파란 하늘은 여전히 거기 있었다. 꼬불꼬불했던 신작로는 일 자로 쭉 뻗어 있고, 논들은 바둑판처럼 반듯했지만, 들판의 벼는 변함없이 바람결 따라 일렁거렸다. 고향집은 없어졌지만 산자락과 들판은 반갑다며 바람이 살랑거리며, 나를 포근히 감싸주었다. 나는 타향에서 파랑새를 찾아 얼마나 허둥거렸던가. 개망초도 무리지어 살랑거리니까 눈물이 핑 돌았다. 엄마의 가슴처럼 포근한 고향의 품에 안기니 마음이 한결 편안해졌다.

푸근한 마음이 되어 반대쪽으로 내려가봤다. 저녁나절 소 풀 뜯기던 들판이 예전처럼 나를 기다리고 있었다. 바람이 일렁이는 들판에서, 자유롭게 풀을 뜯는 소를 옆에 두고 책을 읽을 때는 영혼이 풍성해지는 것 같았다. 아름다운 노을을 바라다보며 저 산 너머에는 무엇이 있을지 상상하는 것도 재미있었다.

청풍에 사는 친척 아저씨가 충주댐 건설로 고향이 물에 잠겼다고 슬퍼하던 모습이 떠올랐다. 그에 비하면, 고향의 언덕과 산자락, 들판, 오빠를 기다리던 길이 있다는 것이 얼마나 다행인가.

이번 설에도 시댁에 갔다가 고향 언덕을 찾아가봐야겠다. 그곳에 가서 도심에서 잃어버렸던 나를 만나고 와야겠다.

제3부
이솝 우화에는 패자부활전이 없다

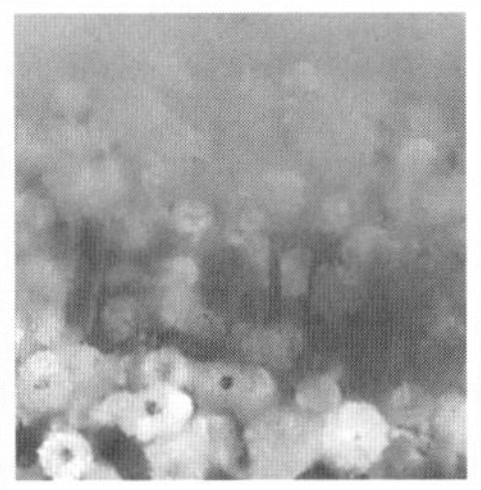

나야, 문 열어

남편이 다니던 회사가 IMF 여파로 문을 닫았다. 대기업 간부에서 갑자기 실업자로 전락한 남편은 허탈해했다. 밤에는 잠을 이루지 못했다. 고등학생과 초등학생 두 아들을 둔 아버지로서 계속 돈은 들어가야 하는데, 전에 같이 일하자던 작은 회사들도 불황상태여서 오라는 곳이 없었다.

그러던 중 과거 직장 동료들과 함께 얼마씩 출자를 해서 작은 회사를 창업했다. 20여 년이 넘게 직장생활을 했던 사람들이 열심히 노력한 덕분에 IMF사태에서도 그런대로 꾸려나가는 것 같았다. 그때까지 나는 남편의 사업에 별 걱정을 하지 않았고 특별한 관심도 갖지 않았다.

사업을 시작한 지 4,5년쯤 지나서였다. 그 무렵 생활비를 주는 것은 고사하고, 푼돈마저 달라며 자꾸 가져갔다. 직감적으로 회사에 문제가 생겼다는 것을 느꼈다. 무슨 일이 있느냐고 물으면 별일 없다고만 했다. 나도 생활비와 아이들 관련 비용을 조금씩 줄여갔다.

그때는 막내가 고1이었다. 하루는 담임선생님이 전화를 했다. 무심코 전화를 받았는데, 우리 아이가 수업료를 안 내어 중간고사에 지장이 있다는 것이었다. 전화를 끊고 놀란 가슴으로 아들 방에 들어가 호주머니를 뒤져보니 수업료 독촉장과 급식비를 내라는 쪽지가 여러 장 나왔다. 이게 무슨 일인가! 막내가 집안 분위기를 보고 이야기를 하지 않은 것이다.

무슨 일이 있어도 그것을 못해줄까마는 이야기를 못한 막내를 생각하니 기가 막혔다. 아빠 엄마가 돈 때문에 다투는 것을 들었더라도 수업료는 이야기했어야 하는 게 아닌가. 괘씸하기도 하고 미안하기도 했다. 다음날 학교에 가서 납부를 하고, 담임선생님께 급격히 변한 상황도 이야기했지만 전혀 눈치채지 못했다고 했다.

어느 날 갑자기 남편의 연락이 끊겼다. 며칠을 수소문하며 기다려도 연락이 없어 속을 태웠다. 불황을 견뎌내는 기업이 없을 때였다. 그러고 보니 며칠 전에 술에 취해 몸싸움이라도 한 듯이 옷이 흐트러진 채 들어온 것과 횡설수설하던 말이 떠올랐다.

"자금이 돌아야 하는데 돈이 안 돈다구. 내가 받을 돈은 계속 미뤄지고…. 줄 곳에선 맨날 전화가 오고, 내가 완전 샌드위치야. 숨도 못 쉬겠다고…."

연쇄부도로 보였다. 불안했다. 채권자들한테 끌려간 게 아닐까? 빚을 받아주는 폭력배들도 있다는데. 별별 생각이 다 들었다. 금방 무슨 일이 일어난 것 같아 파출소를 찾아가 실종신고를 하였다.

남편이 회사에 안 나오니까 은행, 채권자 등이 시도 때도 없이 전화를 하더니, 밤중이나 새벽에 집으로 찾아왔다. 새벽에는 들어올 거라며 밤새도록 진을 치고 버티기도 했다. 생전 처음 그런 일에 부딪히고, 전화에 시달리다보니 나와 아이들은 정신적으로 감당하기가 어려웠다. 전화 벨 소리에도 깜짝깜짝 놀랐다.

혼자 감당하기가 어려워 사업을 하는 큰조카에게 자문을 구했다. 회사와 관련된 부분을 우선 정리하고, 집을 줄여 이사 가는 것으로 결정하였다. 조카와 같이 사무실 집기까지 처분하였다. 집 문제를 급히 정리하여 작은 집으로 그해 8월에 이사까지 했다. 소파 등 큰 가구는 다 버리고 꼭 필요한 짐만 가지고 이사를 했다.

마음이 너무 서글펐다. 짐은 풀지도 않은 채 한 쪽 방에 몰아놓았지만, 채권자들한테 시달리진 않을 테니까 일단 정신적으로는 편했다. 큰아들은 짐을 정리하다가 손을 다쳐 피를 흘리면서도 아버지 대신이라 그런지 괜찮다고 했다. 그날은 힘도 들고 집도 좁았지만, 오랜만에 삼 모자가 짜장면을 시켜놓고 큰소리로 떠들며 편하게 먹었다. 짐은 정리되어 갔지만, 마음은 여전히 좌불안석으로 틈만 나면 열심히 기도하는 마음이 되었다.

이사 후에 나는 생필품이나 사러 잠깐 밖에 나갔고 거의 외출을 하지 않았다. 가끔 저녁에 집 가까이에 있는 학교 운동장에 가서 걸었다. 걸으면서도 달을 쳐다보면서도 기도를 하였다. 황지우의 시 「너를 기다리는 동안」을 읊조리기도 했다.

네가 오기로 한 그 자리에/ 내가 미리 가 너를 기다리는 동안/ (…) / 기다려본 적이 있는 사람은 안다/ 세상에서 기다리는 일처럼 가슴 애리는 일 있을까

남편의 연락이 끊어진 지 반 년쯤 되었을 무렵이었다. 누가 현관 벨을 울렸다. 퇴근 시간 무렵이라 의아했지만 문을 열었더니 웬 스님이 서 있었다.

"지나가던 길에 이 집 불빛이 유난히 따뜻하게 비춰서 들렀습니다."

회색 상하복에 배낭을 메고 손에는 굵은 염주를 든 노스님은 놀라는 나에게 온화한 미소를 지으며 시주를 부탁하였다.

"따뜻하게 봐준 건 고맙습니다만, 보다시피 우리도 사정이 있어서 이삿짐도 못 풀고 있어요."

"이 집의 평안을 위해 기도하겠습니다."

합장을 하고 가려는 스님을 잠깐 기다리라고 했다. 그때 나는 현금이 없었다. 남편 소식 때문에 열심히 기도 중인데 스님도 기도를 하겠다니 고마웠다. 사람이 급한데 하느님, 부처님이 모두 힘이 되어주면 얼마나 감사한가. 다음날 고2 막내에게 줄 간식이 생각났다. 당시 시장을 잘 안 보는 우리 집에선 귀한 우유와 카스텔라를 냉장고에서 꺼내 얼른 시주를 하였다.

시주를 한 며칠 후 저녁때 누가 벨을 눌렀다.

"누구세요?"

"나야, 문 열어."

그 목소리는 작았지만 신기하게도 남편이었다. 문을 여는 순간 추레하고 깡마른 남자가 서 있었다. "어머머 당신 어떻게 된 거예요?" 하는 사이 남편은 안으로 들어와 나를 와락 껴안았다. 그동안 고생한 것이 떠올라 나는 남편을 마구 때렸다. 그러다가도 탈없이 무사히 돌아온 것이 고마워 껴안고 또 엉엉 울었다. 우린 만남 자체가 반가워 한참을 부둥켜안고 울었다. 그러다 채권자들에게 고생을 한 생각이 치밀어 남편을 홱 뿌리치며 따졌다.

"아니 그래도 그렇지, 집에는 연락을 해야지 진짜로 그렇게 연락을 안 할 수가 있어요?"

"미안해 나도 얼마나 연락하고 싶었는데, 당신보다 백 배는 더 연락하고 싶었지…."

남편은 미안한 얼굴로 먼저 식탁에 앉았다. 남편은 막노동이라도 하여 조금이라도 목돈을 마련해보려고 아무도 모르는 곳에 가서 노동을 했다고 한다. 그러나 노동을 해서 될 일이 아니어서 여기저기 다니며 마음을 정리한 후 돌아왔다는 것이다. 평생 안 해본 노동을 했든 안 했든 그것은 문제가 아니다. 나는 궁금하여 별별 걱정을 다 하다가 파출소에 실종신고까지 하지 않았던가. 느긋하게 말하는 남편을 보니 나만 맘을 졸인 것 같았다. 순간 화가 났지만, 깡마른 그도 얼마나 고통스러웠을까. 그것이 또 마음을 아리게 했다. 마음이 온갖 변덕을 연출한다.

평소에 우리는 학교 동창이라 그렇게 애틋하기보다는 오히려 너무 잘 알아서 자주 싸웠다. 그러기에 이번처럼 남편의 무사 귀환을 위해 온 힘을 다해 기도한 적도 없었다. 얼마나 몰두했는지 남편의 "나야, 문 열어" 소리가 하나님 목소리처럼 들렸다.

남편이 그렇게 소중하고 고맙다는 것을 그때 처음 느꼈다. 다행히 나도 대학에 다시 강의를 나가게 되었다. 모든 것이 감사했다.

시루떡

7월에 가족의 생일이 있어서 외식을 하였다. 이번에는 영등포 T스퀘어로 가자고 두 아들이 추천을 했다. 생일이 되면 네 식구가 모여 식사하는 것이 하나의 연례행사가 되었다. 그때나마 온전히 얼굴을 보며 식사를 할 수가 있어 은근히 기다린다고나 할까.

음식점으로 가는 승용차 안에서 각자 먹고 싶은 메뉴를 골랐는데, 우리 부부는 한식을 골랐다. 두 아들이 퇴짜를 놓았다. 맨날 먹는 것만 고르지 말고 다른 것을 먹어보자는 것이다. 자신감 있는 두 아들을 보니 마음이 뿌듯했다. 결국 T스퀘어에 있는 '생 어거스틴'이라는 태국음식점으로 정하고 나니 거의 도착했다.

태국음식을 제대로 먹은 적이 없어서 무슨 맛일까 궁금해하며, 알지도 못하는 메뉴판 목록을 들여다보았다. 큰아들이 음식에 대해 설명해줬다. 조언을 듣고 이름도 생소한 '뿌팟봉커리', '똠양꿍', '느어팟 남만호이', '파인애플 볶음밥', '왕새우 팟타이'와 음료를 시켰다.

제일 먼저 나온 '뿌팟봉커리'는 흰 밥과 같이 나왔다. 싱싱한 게를

껍질째 바싹 튀겨 노란 커리와 함께 즐기는 태국의 대표적인 요리란다. 이어 '똠양꿍'이 나왔다. 이는 전 세계 3대 수프 중 하나로서 오감을 자극하는 태국의 가장 대표적인 맛으로, 다양한 향신료로 맛을 낸 새콤달콤한 우리나라 찌개 스타일의 요리였다. 태국에 가면 한번은 꼭 맛봐야 하는 음식이란다. 처음 똠양꿍을 한 순갈 먹으니 시큼하고 강한 산초 맛이 훅하고 들어와 순간 거부감이 들었다. 그러나 입안에서 혀를 굴려 서로 어울리니 먹을 만했다.

'왕새우 팟타이'는 태국식 볶음면에 왕새우가 들어간 면요리이다. 약간 매콤하고 상큼한 맛이 일품이다. '느어 팟 남만호이'는 소고기와 아스파라거스를 굴소스에 볶은 것이 품위가 있었다. '파인애플 볶음밥'은 꼬들한 밥알에 고소한 맛과 파인애플이 조금씩 섞여 은은하게 향이 나는 볶음밥이다. 대체로 태국 요리하면 여러 향신료가 특징인데 거의 향에 대한 거부감 없이 한국화해서 우리 입맛에 맞았다. 두 아들도 새로운 것을 먹는다는 것 자체가 좋다고 했다.

기본 반찬으로 오이와 무로 만든 피클이 나왔는데 묘하게 맛이 좋았다. 그 피클을 먹는 순간 신혼 때 요리책을 보며 직접 담갔던 김장김치가 생각났다. 시골에 갔다가 열 포기쯤 차에 싣고 와서, 남편과 둘이 요리책대로 김치를 담갔는데 희한하게 맛이 좋았다. 나중에 엄마도 먹어보고 정말 맛이 좋다며 뜻밖이라고 껄껄 웃으셨다. 직장 다니느라고 음식을 제대로 못해본 상태라, 책에 있는 대로 절이고 양념하고 정성껏 했을 뿐인데 그렇게 맛이 좋을 줄은 나도 몰랐다.

그 이야기 끝에 자연히 화제가 지금까지 먹은 것 중에서 가장 맛있는 음식이 뭐였는지 이야기하게 되었다. 그때 막내가 가장 맛있다기보다, 매우 기억에 남는 볶음밥이 있다고 말했다. 대학을 휴학하고 미국에 일 년 반 정도 인턴으로 가 있을 때이니, 십여 년 전의 일이다. 막내는 가끔 그때 일을 얘기하는데, 그때마다 나는 귀를 쫑긋 세워 듣는다.

당시 아이는 한 달여간 급여가 바로 나오지 않아, 한 달치 생활비로 거의 두 달을 살아야 했다고 한다. 인턴 동료가 점심시간에 허겁지겁 먹는 아들 모습을 보며, '왜 그리 급하게 많이 먹으려 하는가?'라고 물었다 한다. '요새 저녁은 거의 굶기 때문에 점심을 많이 먹어야 한다'고 하자, 그는 바로 다음날 저녁에 아들을 초대하고 맥주와 볶음밥을 대접해주더란다. 아들은 비록 볶음밥이 입에 맞지는 않았지만, 동료의 따뜻한 마음에 감동되어 그것이 잊을 수 없는 인상적인 볶음밥이라 하였다. 약간 분위기가 가라앉자 남편이 거들었다.

"이번에는 내가 잊지 못할 음식 이야기를 해볼까."

"좋지요. 난 알 것도 같은데…."

"신혼 때 일이야. 어느 날 장모님이 내가 떡을 좋아한다고 시루떡을 해가지고, 시루를 엎어서 그대로 보자기에 담아 서울 딸네 집에 오셨어. 보자기를 풀자 뜨끈뜨끈한 떡에서 뜨거운 김이 모락모락 나더라고. 그 무겁고 뜨거운 것을 어떻게 시외버스에 싣고 오셨는지 그때 너무 감동적이었어. 그 뒤로 너희들도 다 키워주시고…. 서울 와서 시외버스터미널에서 우리 집까지는 택시를 타고 오셨지만. 아, 장모님이 보고 싶다.”

시루떡만 보면 언제나 장모님을 떠올렸단다. 시어머님이 일찍 돌아가셔서 더욱 장모님 사랑이 절절했는지 모른다. 머리가 하얗던 엄마가 떡을 머리에 이고 오셨다면 머리가 뜨거웠을 것이고, 들고 왔다면 팔이 무거웠을 텐데…. 그때 우리는 떡을 먹은 게 아니라 감동을 먹었다.

세상에서 가장 맛있는 음식이란 어차피 정답은 없다. 값비싼 고급 요리일 필요는 더더욱 없다. 아마도 그것에는 진정이 녹아 있고 특별한 상황에서 만들어진 개인의 추억이 담겨 있을 것이다.

또한 이런 장면들이 모여서 삶이 이어지는 것 아니겠는가. 좋아하는 사람과 맛있는 음식을 먹는 것, 이것이 바로 행복이 아닐까. 행복해지기 위해서는 한번의 커다란 기쁨보다 작은 기쁨을 여러 번 느끼는 것이 절대적이라고 한다. “행복은 기쁨의 강도가 아니라 빈도다.” 이것이 행복의 가장 중요한 진리 중 하나이리라.

청어

3월이 오면 개나리 진달래가 연달아 피면서 봄이 왔음을 알린다. 진달래꽃은 문학작품의 단골 소재가 되고, 화전이나 두견주처럼 우리 식생활에도 스며들어 있다. 과거 삼짇날(음력 3월 3일), 양력으로 3월말 경이면 산과 들에는 진달래, 바다에는 청어靑魚가 지천이었다고 한다. 그 무렵 우리 선조들은 진달래 화채와 청어구이를 즐겨 먹었다. "진달래꽃 피면 청어 배 돛 단다"는 속담도 있다. 진달래꽃이 필 때면 청어가 많이 잡히는 시기라는 뜻이다.

청어의 별명은 비유어肥儒魚다. '선비들을 살찌게 하는 물고기'로 풀이할 수 있다. 말린 청어는 '관목貫目'이라고 불렀다. 관목→관메→과메기로 변천한 것으로 추정된다. 우리나라에서 청어는 예부터 흔한 생선으로 값싸고 맛이 있어 가난한 이들도 즐겨 먹었다.

요즈음은 지구온난화 탓인지 한류성 어종인 명태와 함께 국내 연안에서 잠시 자취를 감췄다. 겨울 별식인 과메기도 원래는 청어로 만들었으나 귀해지면서 꽁치 과메기가 됐다. 다행히 몇 년 전부터 청어가 우리 연안에 다시 나타났다는 소식도 들렸다. 청어青魚는 이름처럼 고등어·꽁치·정어리 등과 함께 등 푸른 생선에 속한다.

정약전의 『자산어보』에는 "청어가 정월이면 알을 낳기 위해 오는데 수억 마리가 바다를 덮을 지경"이라고 표현했다. 청어는 산란기에 약 8만 개의 알을 낳는 엄청난 생식 능력을 갖췄다. 영남과 일본에서 예부터 정초에 청어 알을 먹는 풍습은 자손을 많이 보겠다는 소망 때문이다.

과거에 청어는 동지 전에 영남 해안에 나타났다가 남해를 지나 서쪽으로, 다시 북쪽으로 이동해 음력 3월에는 황해도에 나타났다. 그래서 황해에서 잡힌 청어는 남해보다 배나 커서, 청어잡이배가 이때 돛을 달고 황해로 출항한 것을 속담은 의미한다.

고등학교에서 국어교사로 근무하던 중에 첫아이를 3월에 출산하게 되어 다니던 학교를 그만두었다. 별 망설임 없이 사표를 던졌는데 나중에 사람들이 그랬다. 휴직하지 왜 사표를 냈냐고. 그때 우리 부부는 세상에 대해 너무 몰랐다. 사실 세상을 몰랐다기보다 나는 내심 공부를 하고 싶은 마음이 더 컸던 것 같다.

아이 백일이 지난 몇 개월 후에 나는 대학원에 진학했다. 그때 친정어머니에게 통사정해서 어머니를 우리 집으로 모셔왔다. 그때부터 아이를 돌봐주고 살림도 관리해주셔서 대학원을 다닐 수 있었고, 대학에서 강의도 할 수 있었다.

큰아들과 5년 터울로 둘째아들을 출산하고, 보름 만인 3월에 대학원 박사과정에 입학하였다. 다른 사람들은 하던 일도 아이 때문에 못하는 판인데, 대단한 뜻을 품은 적도 없는 나는 그들과는 정반대였다. 몸도 부실한 상태에서 박사과정 공부를 해야 하고, 강의도 해야 하니 너무 힘에 부쳤다. 포기하고 싶은 유혹도 많았다.

두 아이는 무럭무럭 잘 자랐지만, 유치원생인 큰아이와 갓난아이를 일흔 중반의 어머니가 감당하기는 무리였다. 갈수록 아이들에게 나의 목소리가 커진다고 친정엄마는 주의를 주었고, 어김없이 잘 때는 작은아이를 나에게 데리고 자라고 보내셨다. "새끼는 어미 이슬을 먹고 크는 거야." 내가 아무리 파김치가 되어도 엄마는 아이만큼은 데리고 자게 하였다.

나는, 엄마는 언제나 강하고 힘도 있으신 줄 알았는데 엄마의 허리는 점점 구부러졌고, 저녁이면 얼굴에 피로의 빛이 역력했다. 쑥쑥 자라는 아이들을 좋아하면서도 힘없이 말씀을 하시곤 하였다.

"이제 힘이 없어 애를 들 수도 없고, 업는 것도 점점 힘이 든다. 둘째가 걸어다닐 때까지라도 내가 봐주면 좋겠는데…."

엄마는 둘째 첫 돌을 앞두고 방학 때 시골에 가셨다가 뇌졸중 증세가 나타나서, 고생하다가 돌아가셨다. 외손자가 뛰어다니는 것도 엄마의 막내딸이 박사학위 받는 것도 못 보고 돌아가셨다. 엄마가 외손자들 키우느라고 그런 일이 벌어진 것 같아 항상 죄스러운 마음이다.

그 당시에 나는 직장 관련 사람들 외에는 친구를 만나거나 모임 같은 것에 거의 나가질 못했다. 학위를 받은 다음에야 조금씩 모임에 나갔다. 남편은 4형제 중 막내인데, 시댁 자녀들을 합치면 열 명 중 딸은 둘뿐이었다. 남자아이들이라 명절 때 모이면 한바탕 난리가 났다. 그래서인지 시댁에서는 딸이 귀염을 더 받았다.

나도 딸이 있으면 노후에 친구도 된다는데 하며 딸 가진 사람을 부러워했다. 그날도 오랜만에 나간 모임에서 아이들 이야기를 하던 중에, 예쁜 짓을 많이 한다는 딸을 둔 엄마가 부러워서 별 생각 없이 말을 했다.

"예쁜 짓하는 딸이라서 너무 좋겠어요. 아들 녀석들은 엄마 목청만 키운다니까요. 힘들고."

무심코 한 말인데 분위기가 갑자기 싸아해졌다. 뭔지 나만 모르는 것 같은 느낌이 들었다. 왜 그러지 하며 의아했다.

"배부른 소리 하시네요. 지금 자랑하시는 거죠?"

"내가요? 왜요?"

누가 나중에 이야기를 해주었다. 그 분은 무남독녀로 자라서 장손에게 시집을 갔는데, 기다리는 손자 대신 딸만 내리 낳아 무척 스트레스를 받고 있다고. 머리가 뭉텅 빠지고 소화불량도 생겼다는…. 나만 모른 것이다.

청어를 먹으면 많은 자손을 얻는다는 속설을 그 무렵에 알았더라면, 청어나 과메기를 선물하며 이 속설도 이야기해줄 걸 하는 아쉬움이 청어를 볼 때마다 들곤 했다. 나중에 한참 지나서 그 집에도 늦둥이 아들을 낳았다는 소식이 들려왔다.

이솝 우화에는 패자부활전이 없다

SBS 〈트롯신이 떴다 2 —라스트찬스(트롯신)〉에서 패자부활전을 하는 것을 보고, 출연자들을 응원해주고 싶었다. 지난해 〈미스트롯〉와 〈미스터트롯〉의 흥행 성공으로 트로트 열풍이 하늘을 찌르고 있다. 관심을 두고 보니 트로트 오디션 열풍은 다른 장르의 오디션붐까지 일으켜, 채널마다 유사한 프로그램이 우후죽순처럼 늘어나 있었다. 〈트롯신〉에서는 심사위원들이 멘토로서 후배들에게 족집게 레슨까지 해주는 것이 새롭고 훈훈해 보였다.

〈트롯신〉은 코로나시대에 힘들어하는 무명의 후배 트롯 가수에게 무대를 만들어주자는 의도로 기획된 프로그램이라고 한다. 오디션이 시작되면서 무명 트롯 가수들의 절절한 사연이 무대를 통해서 알려졌다.

광고 삽입곡으로 유명한 〈한잔해〉의 가수 박군은 트로트를 부르기 위해 15년 동안 몸담은 군생활을 그만두며, 얼마 후의 연금 대상도 포기했다고 밝혀 모두를 놀라게 했다. 아픈 홀어머니를 부양하기 위해 일찍이 군생활을 선택했지만, 어머니가 돌아가신 뒤에는 생계보다 꿈을 찾아 새 인생을 시작한 것이다. 그는 멘토가 레슨에서 지적한 것을 다 고쳐서 출현함으로써, 그날 랜선 심사위원의 최다 득표를 얻어 다음 라운드에 진출하게 되었다. 그 순간 절도 있던 군인 출신 가수가 눈물을 펑펑 흘리는 모습에서, 반전 매력을 느껴 국민 남동생으로 많은 시청자의 마음을 사로잡았다. 그날부터 우리 집에도 팬이 한 사람 생겼다.

여러 출연자의 사연을 듣고 노래를 들으니, 너무 애절하거나 감동하여 나도 모르게 눈가가 촉촉해지곤 했다. 남편과 나도 각각 응원하는 출연자가 정해졌다. 출연자가 노래를 부르고 나면 우리는 마치 심사위원인 양 평가를 한다. 멘토들의 심사평이 우리와 같으면 환호한다. 나는 글을 쓰는 사람 관점에서, 멘토들이 노래를 평가할 때 우리 글쓰기와 상당히 비슷하다는 것을 느낀다. 노래의 감정 표현이라든지, 소리의 강약, 저음에서 고음으로 몰아 절정으로 끌고 가기, 노랫소리로 드라마를 만드는 힘, 진정성 등. 음악이나 문학이나 예술세계의 맥락은 유사하다는 것을 느낀다.

더군다나 트로트 열풍은 젊은 실력파가 등장하여 감성을 자극하고, 코로나19로 인한 '집콕'의 장기화, 번잡한 세상에서 편안하고 익숙한 것으로, 10대에서 어른세대까지 공유할 수 있는 흥겨움이 트로트에 열광하게 되는 이유인 것 같았다.

몇 회를 거듭하고서 준결승 직전에 패자부활전이 있었다. 새삼 패자부활전이라는 것이 결승까지 갈 절묘한 기회를 주는 것이라는 생각이 들었다. 오랫동안 준비한 것을 순간의 실수로 실력을 제대로 발휘하지 못했다면 출연자에게는 치명적인 상처가 될 것이다. 그래서 패자부활전은 한번의 실패에 좌절하지 말고, 지속적으로 노력하여 좌절을 극복하는 데 의미가 있다고 본다. 음악 오디션도 마찬가지가 아닌가. 절호의 기회를 다시 한번 주는 제도이다. 그 사이 출연자에게 호감이 생기면 응원하는 팬층도 생겨 서로가 행복해질 수 있는 장점이 많은 제도라고 생각한다.

우리나라의 초등학교 교과서에 얼마 전까지도 이솝 우화가 상당히 실렸었다. 이솝 우화에는 패자부활전이 없다. 1908년 『소년』 지의 소개로 우리나라에 들어온 이솝 우화는 해방 당시 국어교과서의 50% 이상을 차지하다가 교육과정 개편 이후 점차 줄어들었다.

남미영 박사(한국교육개발원 국어교육실장)가 "이솝 우화는 죽느냐 사느냐, 악이냐 선이냐 등의 지나친 흑백논리의 강조로 어릴 때부터 어린이의 의식을 양극화시킬 우려가 있다"라고 지적했다. 그래서 "이솝 우화는 성인에게 교육적이긴 하나 지나친 흑백논리와 절망적인 결론 때문에 초등학교 교과서에 실리는 것은 교육적으로 옳지 않다"고 지적한 바가 있다.

인간을 행복하게 하는 문학에는 인간의 고통이나 마음속의 갈등을 씻어주고, 더욱 행복한 세계로 인도하는 어떤 요소가 들어 있다. 이 요소를 우리는 상승 모티브라고 한다.

안데르센의 동화 「미운 오리 새끼」에는 유난히 큰 알에서 태어난 오리가 등장한다. 보통 오리와 다르다는 것 때문에 미운 오리 새끼가 되어, 혼자 외로움과 마음의 상처, 배고픔 등의 고통을 받는데, 그것이 후반부에서 모두 해소된다. 미운 오리는 누구보다 아름다운 백조였다. 이것이 상승 모티브다. 독자는 문제해결과 함께 좀 더 밝은 세계를 경험하는 동시에 행복을 경험하게 된다.

반면 이솝 우화에는 상승 모티브가 없다. 거짓말쟁이 목동은 늑대에게 잡아먹히고, 당나귀는 목화 솜을 지고 물속에 거꾸러진다. 작품 속 주인공에게는 어떠한 희망과 구원도 없다. 참회할 기회도 주어지지 않는다. 오직 철저한 절망만이 있을 뿐이다.

이솝 우화는 대부분 문제해결보다는 죽음과 파멸, 보복과 조소로 장식되어 있다. 이솝 우화의 절망적인 결말은 독자에게 카타르시스를 경험하기보다는 절망과 좌절을 맛보게 한다. 이런 하강 모티브의 책을 계속 읽으면 어린이의 정서에 우울한 성격, 절망적인 미래, 보복적 사고 등을 길러줄 우려가 있다.

처음부터 성공할 수는 없다. 실패를 거듭한 후에 이르게 되는 게 성공이다. 세계 최대 전자상거래업체인 아마존이 직원들에게 실패 실적을 보고하라고 한다지 않는가. 실패를 인정하고 실패했을 때 재기의 기회를 주려는 제도이리라.

남편과 나도 서로 자기의 응원자가 잘되기를 바라지만 마음같이 되지는 않는다. 지지자에게 마음속으로 응원한다. '최선을 다했으니까 괜찮아, 다음에 성공할 확률은 더 높아졌네.'

왜 한 방향으로만 갈까

단양에 있는 민물고기 수족관, <다누리아쿠아리움>을 2018년 2월에 찾아갔다. 도담삼봉이나 고수동굴만 떠오르는 충청북도 단양에 국내 최대 규모의 민물고기 수족관이 생겼다고 해서 고향에 간 김에 관광차 갔다.

해양수족관이야 여기저기 있어서 관람할 기회가 많았지만, 민물고기 수족관은 처음이었다. 민물고기를 지역별, 종류별로 알기 쉽게 분류해놓아 특징이 잘 나타났다. 비슷한 듯하지만 사실은 각양각색이었다.

전시관 중간에 서 있는 큰 원통형 수조를 만났다. 그 원통형 수조는 유난히 물이 맑고 투명했는데 노란빛이 도는 뽀얗고 길쭉한 비단잉어같이 생긴 고기들이 멋지게 헤엄을 치고 있었다. '알비노 송어'라는 물고기들이 떼로 몰려가고 있었다.

잠시 바라보는 사이에 희한한 현상을 발견했다. 어른 키보다 훨씬 높은 원통 속에서 모든 물고기가 일사불란하게 오른쪽으로만 몰려가고 있었다. 혹시나 하고 위아래를 샅샅이 훑어보아도 거슬러 가는 물고기는 한 마리도 없었다. 다른 수족관의 물고기들이 상하좌우 자유롭게 유영遊泳하는 것과는 너무 달랐다. '알비노 송어, 너희들마저 편을 가르는 거니?' 주변의 누구도 그 이유를 아는 사람이 없었다. 한쪽으로만 몰려가는 것이 신기하여 잠시 동영상도 찍었다.

집에 돌아와서 알비노 송어가 왜 일사불란하게 오른쪽으로만 도는지를 찾아보았다. 인터넷으로 검색을 해봐도 시원한 답이 없어서, 단양 다누리아쿠아리움으로 직접 전화를 걸어 담당자에게 물어보았다.

송어는 연어과 동물로서, 연어처럼 물의 흐름을 거슬러 올라가는 습성이 있다고 한다. 송어도 바다로 내려가서 성장하고 알은 강으로 올라와 낳는 회귀성 어류였다. 오른쪽으로만 도는 것은, 물의 흐름을 왼쪽으로 흐르게 해놓아서 송어들이 한결같이 오른쪽으로만 거슬러 올라간 것이다.

연어도 죽을힘을 다해 거슬러 올라가 알을 낳고 일생을 마감한다는데, 송어도 그 길을 가는 것일까? 그렇다면 그 유영은 온 힘을 다해 죽음의 길로 가는 것이 아닌가? 갑자기 무라카미 하루키의 소설 『국경의 남쪽, 태양의 서쪽』에 나오는 '히스테리아 시베리아나'라는 병이 떠올랐다.

히스테리아 시베리아나라는 병은 시베리아의 광활한 벌판에서 농사짓는 농부들이 걸리는 병이란다. 매일 밭에 나가서 사방을 보아도 아무것도 보이지 않고 동서남북 지평선만 있고. 동쪽에서 태양이 떠오르면 밭에 나가 일하고 서쪽으로 해가 지면 집으로 들어오는 날마다 똑같은 일을 반복하다가, 어느 날 더는 견딜 수가 없을 때 곡괭이를 내던지고 태양이 넘어가는 서쪽으로, 먹지도 않고 며칠씩이나 걷다가 어느 순간 걸음을 뚝, 멈추는 순간 밭고랑에 쓰러져 죽는 병이란다.

알비노 송어도, 시베리아 농부도 계속 그 길을 갈까봐 얼마 동안 속을 끓였다. 문득 그게 아니라는 생각이 나를 질타했다. 다람쥐 쳇바퀴 돌듯 반복되는 삶을 탈피하라는 강렬함이 나의 뇌리를 스쳤다.

그동안은 살기 바빠 나를 돌아볼 생각조차 못했다. 그래서 여행을 통해 나를 돌아보기로 했는데 코로나가 발목을 잡는다. 그래도 나를 돌아보기 시작했다. 더 늦기 전에 내가 원하는 삶을 그려보기로 했다. 그게 어떤 형태이든.

훈련병의 어머니

큰애가 대학에 떨어져서, 그 다음을 어떻게 할 것이냐에 대해 가족 간에 여러 의견이 나왔다. 재수하여 계속 대입준비를 해야 한다. 군대를 먼저 갔다 오면 철이 들어 더 열심히 할 것이다. 그러나 종종 세상을 떠들썩하게 하는 군대 내의 사건·사고도 거론하며 의견이 분분하였다. 쉽게 결정을 내리지 못하고 있을 때, 당사자가 군대에 가겠다고 최종 결정을 내렸다.

의정부 306 보충대에서 아이가 몇 번씩 뒤를 돌아보며 운동장으로 들어가는 것을 보면서, 안쓰럽고 짠한 마음에 눈앞이 흐려지고 눈시울이 붉어졌다. 옆의 훈련병 어머니는 대놓고 흐느껴 울었다. 돌아오는 차 속에서 우리 부부는 창밖의 짙은 녹음만큼 깊은 침묵이 흘렀다. 고교를 갓 졸업한 아이를 군대보내고 나니 걱정되는 것은 사실이었다.

얼마 뒤에 군사우편 소포를 하나 받았다. 소포 속에는 아들이 입고 갔던 옷이 온다는 말은 전해 들었다. 덤덤하게 소포를 받았다.

소포를 펴보니 아들이 입대할 때 입었던 티셔츠, 바지, 팬티, 운동화와 소지품이 나왔다. 정작 아들의 옷을 보니 가슴이 일렁거리기 시작했다. 그 안에 꼬기작거린 종이에 쓴 아들의 편지가 있었다. '우리 아들 편지' 하며 읽다 보니 주르륵 눈물이 흘렀다.

그 뒤 한 달 정도 되었을 때 신병 교육 중인 부대에서 연락이 왔다. 아이들이 훈련을 잘 마쳤으니 부모님을 초청한다는 것이다. 우리 부부는 아들이 소속된 소대 훈련병들이 좋아할 떡, 초코파이, 음료 등을 준비해서, 새벽에 부산스럽게 출발하여 신병교육대로 달려갔다. 나는 아들이 군대에 가서 고생도 하고 철도 들어, 심신이 훌쩍 성장하여 몰라보는 것 아닐까 하니 남편이 웃었다. 차를 타고 가는 동안 군인이 된 아들과 만남을 여러 장면 상상해봤다. 이제는 늠름해졌을 아들에게 대범해야겠다는 마음도 먹었다.

부대에 도착하여 초대받은 누구의 부모라고 이야기를 하니 휴게실에서 기다리라고 했다. 잠시 후 까무잡잡하게 탄 군인이, 아니 아들이 들어왔다. 아들이 먼저 엄마! 하고 웃으며 달려와 나를 확 껴안았다. 언제 그렇게 가슴이 넓어졌는지 작은 체구의 내가 폭 안겨졌다. 그 사이에 남편도 다가와서 아들은 아빠! 하며 포옹을 했다.

"어떻게 잘 지냈어?"

마음을 졸였던 어미의 본성이 나오기 시작했다. 나는 수년간 떨어졌던 사람들처럼 아들의 손을 꽉 잡은 채로 의자에 앉았다. 언제 쫄쫄이 고생하기를 바란 적이 있었냐는 듯이, 아들을 안쓰럽게 바라보다가 꺼칠꺼칠해진 손을 보니 콧날이 시큰해졌다.

갑자기 거칠어진 손이 오랫동안 농사일이라도 한 것 같았다. 두툼한 아들 손등에는 생채기가 나서 발갛게 딱지가 생겼고, 팔뚝에는 무엇에 긁혀 길게 줄이 서너 개가 얽혀 있었다. 살은 좀 빠진 듯하여 다행이었다. 아들을 한 달 만에 낯선 곳에서 만나니까 도저히 엄마로서 대범할 수가 없었다. 언제나 엄마란 이름은 속도 없는 물컹이였나.

주위를 둘러보니 부대에 온 사람은 우리 집과 다른 집 부모하고 네 사람뿐이었다. 그 자리는 훈련병들을 강당에 쫙 모아놓고, 군대 생활을 잘하라고 격려하는 자리라고 담당자가 설명하였다.

내 차례가 되어 단상 앞에 서니, 4주차 훈련병들이 군기가 바짝 들어서 각도를 맞춰 반듯하게 앉아 있는 모습이 엄청나게 믿음직스러웠다. 저 군인들 가운데 우리 아들이 있구나. 군인들은 항상 충성! 하고 인사를 한다지. 그런 생각이 들자 나도 반사적으로 자세를 바르게 하고 '충성!' 하고 외칠 뻔했다. 몇백 명은 되어 보이는 훈련병들 앞에 처음 서보니 많이 떨렸다. 그러나 마음을 가다듬고 나는 훈련병들과 한바탕 웃음판까지 벌이면서 이야기를 마무리할 무렵 그들에게 의견을 하나 말했다.

"제가 제안을 하나 할까요?"

훈련병들은 무슨 제안인가 하고 긴장을 하여 웃으면서 말했다.

"내가 오늘은 어머니를 대표해서 온 셈이니 여러분들의 보고 싶은 어머니를 생각하면서 우리 어머니를 한번 불러볼까요?"

"네에 좋습니다!"

"내가 '아들아' 하면 여러분들은 집에 계신 어머니를 생각하며 '어머니' 하고 외쳐보는 겁니다. 아들아~"

"어머니!"

처음에 긴장하고, 반듯하게 각을 세워 앉아 있던 분위기가 금방 화기애애한 분위기로 변했다. 나는 갑자기 많은 아들의 어머니가 된 듯 흥분되었다.

"한 번 더 어머니를 불러볼까요? 아들아~"

"어머니!!"

소리는 강당이 떠나갈 듯했다. 그들은 딱딱한 얼굴을 활짝 웃으며 고향에 가서 엄마를 만난 듯이 편안하고 즐거운 분위기로 변했다. 그때 한 병사가 벌떡 일어나 한쪽을 바라보며, 씩씩하게 말을 하였다.

"부대장님, 저도 제안을 하나 하고 싶습니다!"

부대장은 "좋아" 하고 허락하였다. 다들 그 병사가 무슨 제안을 하려는지 궁금하여 조용해졌다. 병사는 연단에 있는 나를 보고 말했다.

"저의 제안은 어머니, 어머니를 한 번 더 부르고 싶습니다."

나는 가슴이 벅차올랐다. 부대장님은 즉시 그러라고 하였다.

"좋아요. 아들아!"

"어머니이!!!"

강당 안은 어머니 소리로 가득 찼다. 감동의 물결로 출렁거렸다.

다들 편안한 얼굴로 이내 깔깔거렸다. 옆 사람과 손을 잡고 큰 소리로 이야기도 하였다. 한껏 들떠 있었지만, 편안함과 자유로운 기운이 가득히 번져갔다. 그 병사에게서 나온 용기가 불씨처럼 번졌다.

어떤 병사가 벌떡 일어나 어머니를 한 번 더 불러보자고 할 때 나는 속으로 놀랐다. 끽소리도 못할 것으로 생각했던 4주차 훈련병이 어떻게 저런 용기를 내었을까? 잠자고 있던 한 자락 자유의 맛을 보니 도전장을 내듯 용기를 낸 것인가. 그것도 겨우 4주차 훈련병이 제일 높은 상관인 부대장에게 직접 요청을 한 것이다.

어머니와 누렸던 자유롭고 행복했던 날이 생각났을까. 집에 있을 때 귀에 박히게 듣던 어머니의 잔소리마저 사무치게 그리웠을까. 그들은 처음 받아보는 신병의 중압감을 강당이 떠나가라 어머니를 소리쳐봄으로써 그동안 쌓인 스트레스를 날려버리는 것 같았다. 그들이 느끼는 진한 행복이 파도처럼 밀려왔다. 평소 건조하고 평범하다고 느꼈던 집이 군대 와보니 그것이 행복이고, 어머니가 무한한 행복의 저수지라는 것을 새삼 느낀 것일까.

일정을 마치고 병사들의 행복을 고스란히 함께 공유한 그 날 일일 어머니, 나도 무척 행복했다. 주차장으로 내려오는 길에 뒹구는 낙엽도 모두 손을 흔드는 것 같았다. 노랗게 물든 나뭇잎도 '어머니 보고 싶어요'라고 살랑거리는 모습이 얼마나 사랑스러웠는지 지금도 그 생각만 하면 행복하다.

Y 어린이집

책꽂이에서 책을 한 권 빼는데 무엇이 툭 떨어졌다. 우리 둘째 아이가 어린이집 다닐 때 내가 기고했던 글이 실린 얇은 간행물이었다. 요즘 매스컴에서 어린이 구타, 아동학대 등의 뉴스를 자주 접하는 터라 새삼 간행물을 훑어보니, 그 당시 정신없이 바빴던 장면들이 영화처럼 스쳐 지나갔다. 여성이 아이를 키우며 직장에 다닌다는 것이 예나 지금이나 마음 쓸 일이 얼마나 많은가.

둘째가 1991년부터 서울 YWCA에서 운영하는 가락종합사회복지관의 어린이집을 다녔다. 3년 동안 다닐 때의 이야기다. Y어린이집은 지금은 헬리오시티로 변한 가락아파트단지의 남쪽 끝에 있었다. 길 건너에는 서울에서 가장 큰 농수산물시장인 가락시장이 있다.

그 무렵 직장에서 쉬는 시간에 휴게실에 모였을 때, 친한 후배가 육아와 일 중에서 한쪽을 선택할 수밖에 없는 갈림길에 서 있다며 무겁게 입을 열었다. 선배님은 어떻게 하고 있느냐며 너무 심각하게 물어 무언가 해결책을 제시해줘야만 할 것 같았다.

나는 아이를 Y어린이집에 보내고 있다며 대충 이야기를 해주었다. 공통적인 고민에 빠져 있던 몇몇 동료들도 귀를 쫑긋하며, 거기 너무 좋다고 부러워했다. 누구는 당장 이사를 해야겠다고까지 했다. 반응이 그렇게 뜨거웠던 것은 대부분 결혼하여 유치원정도 다니는 아이가 있는 데다가, 여기저기 시간강사로 뛰며 논문을 쓰는 좌충우돌의 초짜 주부들이 여럿이 있었기 때문이다.

그녀들의 질문에 하나하나 대답을 하다 보니, 나는 어느새 가락 Y어린이집 홍보대사가 되어버렸다. 부러움의 눈총을 받는 기분이었다. '그래 정말 얼마나 다행스럽고 감사한 일인가?'

1992년 초겨울에 서울 YWCA 동화구연대회가 있었다. 우리 아이도 참가하였다. 가락 Y에서 예선, 본선을 거친 후, 명동 YWCA 본대회까지 나갔으나 아깝게도 본상은 못 받고 참가상만 받았다. 집에 도착해서 지친 우리는 소파에 털썩 주저앉아 쉬는데 아이가 말했다.

"엄마, 나는 바보인가, 상도 하나 못 타고…."

"왜 네가 상을 못 타, 유치원에서 뽑혀서 대회까지 나갔고, 재미있는 동화책도 상으로 받았는데…."

아이가 불쑥 던진 한마디에 순간적으로 당황하여 여러 말로 잘했다고 했지만, 입상자와 참가자 모두에게 주는 상을 아이는 구별하고 있었다. 그 순간 '저 좌절의 경험을 어떻게 하나?' 하고 머리가 복잡했다.

다음 해 1993년에도 동화구연대회가 있었다. 이번엔 작년의 실패 경험에다가 노력을 더 하여 본대회에서 최고의 성적을 거뒀다. 그 후 기회 있을 때마다 동화구연 하는 봉사를 자주 하게 되었다. 어느 날 우리 집에서 친척들과 모임이 있을 때 둘째의 동화 구연 이야기가 나왔다. 친척 세 분이 먼저 오셨을 때였다.

"그럼 우리한테도 그 동화 한번 들려줘라. 엄청나게 듣고 싶네."

"저는 사람이 많아야 동화가 잘 나와요. 그런데 지금이 너무 조금이라서…."

득달같이 나온 의외의 대답에 박장대소하며, "그래그래 청중이 많아야 신이 나겠지"라고 말하면서 다들 놀라는 표정이었다.

평소와 다른 의외의 대답에 나도 놀랐다. 뒤이어 친척 몇 분이 더 도착했다. 그제야 동작까지 곁들인 동화구연을 들을 수 있었다. 나이가 한살 더 들어 성장도 했지만, 동화구연을 자주 하다 보니 정확한 발음과 알맞은 단어 사용, 자신감 있는 동작 등이 눈에 띄게 좋아졌다. 결국 하나의 좌절은 극복해낸 셈이 되었다.

'구슬이 서 말이라도 꿰어야 보배'라는 속담이 있듯이 잠재적인 그 아이의 가능성을 여기저기 쑤셔서 광맥 하나를 찾아낸 듯했다. 물론 어린이집에서 그런 기회를 마련하지 않았다면 영원히 묻혀 있을 광맥이었을지도 모른다. 유아교육은 아이들의 평생 기본 틀을 형성해주는 시기로서, Y어린이집은 다양한 방법으로 아이들의 기본 터전을 만들어주었다. 주변 사람에게 기회가 되면 아이에게 동화구연도 체험하도록 추천을 했다.

그즈음 동료들 얘기를 들어보면 다른 곳보다 가락 Y어린이집 장점이 많았다.

첫 번째 평일에는 오전 8시부터 오후 7시까지, 토요일에는 오후 3시까지 아이들을 돌봐주기 때문에, 직장 여성들이 출퇴근 시간의 초조함에서 벗어날 수 있다는 게 큰 장점이었다. 직장 여성이 안심하고 자기 일에 몰입할 수 있다는 점은 여성 인력의 활용이라는 차원에서도 높은 가치를 부여할 수 있다고 보았다.

두 번째는 각 반에 담임선생님이 두 분이라는 점이다. 한 분은 기혼이고 한 분은 미혼으로서 조화를 이룬다는 점이다. 새로운 세계에 대한 경이로운 눈뜸과 엄마 같은 아늑함이 아이들의 정서를 안정되고, 풍성하게 채워주는 것으로 생각되었다.

끝으로 21세기를 살아가야 할 아이들 교육에서 가장 필요로 하는 창의력계발의 기회와 질서교육이나 자율적인 능력을 키워주는 점도 훌륭했다.

나로서는 둘째 애라서 첫째보다는 편하게 아이를 어린이집에 맡기고 다녔고 Y어린이집은 적당한 온도와 습도와 햇살이 되어 건강하고 싱싱한 꽃으로 피워서 나에게 안겨준 것이다. 지금 생각해도 당시 가락 YWCA 어린이집은 사랑스럽고 은혜로운 곳이었다.

요즘 몇몇 선생님의 잘못으로 속상한 일이 보도되지만, 대부분의 훌륭한 어린이집 선생님들에게 감사드리며, 모든 어머니가 육아만큼은 안심해도 되는 세상이 오기를 기대해본다.

젊어 고생은

그때가 2010년 8월 초 우리가 이사를 한 지 며칠 뒤였다. 아침에 일어나보니 막내아들이 없어졌다. 어젯밤에 자는 것을 분명히 보았는데 감쪽같이 사라졌다. 그날 저녁 아들은 패잔병처럼 축 처져서 집으로 돌아왔다. 흙먼지투성이 바지와 티셔츠를 세탁기에 내놓았다. 머리에도 흙이 조금씩 붙어 있었다. 샤워를 하고 나온 아들은 미리 사가지고 온 파스를 가지고 와서 등쪽 어깨쪽 여기저기에 붙여달라고 했다.

"무슨 일이야. 무슨 일 있었니?"

"지금은 너무 피곤하니까 다음에 말할게요."

손을 머리 뒤로 흔들며 자기 방으로 들어갔다. '뭔 일이 생긴 것이 확실해' 하며 잠시 후 막내 방을 살짝 들여다봤다. 아들은 곯아떨어져 있었다. 문을 살며시 열고 들어가보니 방 한 구석에 평소 안 보던 배낭이 보였다. 배낭 안에는 손바닥이 빨간 목장갑과 깨끗한 긴팔 티셔츠와 긴 바지가 챙겨져 있었다. 게다가 수건에 비누까지. 이게 무슨 상황인가 의아해하며 살금살금 방을 나왔다.

다음날 새벽에 부스럭거리는 소리가 나서 잽싸게 일어났지만, 아들은 벌써 사라지고 없었다. 그날 저녁에 들어와서 아들은 막노동판에 나가고 있다고 이야기를 하였다.

"왜, 왜?"

"사나이가 노가다도 한번쯤은 해봐야 할 것 같아 시작한 거예요."

"일당보다 파스 값이 더 들겠다."

일이 할 만하다고는 했지만, 여기저기 붙인 파스를 보니 마음이 짠해졌다. 막내가 왜 막노동판을 나가려 했는지 궁금증에 가슴이 터질 것 같았다. 막내는 대학 2학년을 마치고 미국에 있는 회사에 인턴으로 가서 1년 근무를 하고 7월에 귀국했다. 그때 나는 이사를 준비 중이라 분주하여 아들과 대화다운 대화를 나누지 못한 상태라서 왜 막노동판을 나가려고 했는지 무척 궁금했다.

노동판을 나간 지 이 주일 정도 지나자 아들은 일을 안 나갔다. '이건 또 무슨 바람인가' 하고 차 한 잔을 타주며 이야기를 나눴다. 막내의 이야기는 뜻밖이었다. '고생 해봤냐?' 하면 군대를 다녀온 친구들은 군대가 제일 힘들다고 하지만, 그때 빠지지 않고 나오는 이야기가 바로 '노가다는 뛰어봤냐?'라는 말이란다. 노가다는 20대들에게는 고생 좀 해봤다는 비교 척도가 되는 모양이었다.

"바람직한 젊은 문화네. 그런데 왜 그만둔 거야?"

막내는 이야기를 털어놨다. 미국에 있을 때, 회사 퇴근하고 헬스클럽을 다니면서 여러 나라 친구들을 많이 사귀었다고 한다. 친구는 고등학생부터 50이 넘은 친구까지 다양했다. 그 친구들에게 배운 것 중 하나가 18세 이후에는 거의 독립을 하고 돈을 직접 번다는 것이다. 나도 속으로 '그것 정말 좋은 것이네. 전적으로 찬성이지'라고 생각했지만, 겉으로는 대수롭지 않은 척 과일만 깎았다.

"그래, 그런 신념 때문에 막노동판을 나가게 되었다는 거네. 반갑다. 우리 집 살림 금방 피겠네. 엄마는 쌍수를 들어 환영한다."

"와, 우리 엄마 너무 좋아하시네."

처음 노가다를 한 것을 이야기하였다. 어떤 빌딩 1층의 화단을 부수고 흙을 치우는 작업이다. 일 시키는 사장님은 오함마(벽 깨는 망치)를 쥐어주고 화단 벽을 부수라고 했다. 오함마를 써본 적이 없으니 쓰는 방법도 모르는 아들은 오로지 힘으로만 화단을 내리쳐 부수고 깨다보니, 30분 만에 녹초가 되었다. 점심 때까지 화단을 부수고 깨느라고 벽만 수백 번은 친 것 같았다고.

8월의 더위에 요령 없이 힘만으로 노동을 하니 정신이 몽롱해지고, 온몸은 땀으로 범벅이 되어 마치 옷 입고 수영장 들어갔다온 사람처럼 푹 젖었다. 그런 상태에서 점심시간이 되니까 그렇게 반가울 수가 없다. 지금까지 살면서 그렇게 맛있는 밥은 처음 먹었다. 오전 내내 망치질을 수백 번 하다보니 단순한 백반이 그렇게 고맙고 맛있는 줄 처음 알았다고 했다고 한다.

그때까지는 평정심을 유지하고 있던 나는 밥 이야기에 마음이 울컥했다. 학교 기숙사에 있어서 제대로 집밥을 먹지 못했고, 미국 다녀와서도 제대로 밥을 잘해 먹이지도 못한 것이 맘에 또 걸렸다. 아침도 바쁘면 우유 한 잔으로 때우거나, 점심도 먹는다기보다 대충 대충 때우고, 저녁도 혹시 회식이라도 걸리면 모르지만 간단한 것으로 때우다보니 하루 세 끼를 모조리 사먹었다는 것이 새삼스럽게 마음에 걸렸다.

밥이란 진짜 단순한 밥이 아니다. '가정식 백반'이나 '집밥'이란 말은 특히 밥보다는 마음의 허기를 달래주는 이름이다. 그 뜨거운 밥에 대한 고마움을 그날 섬심에 느꼈다는 것이 이심전심으로 전해져 왔다. 그 순간 오늘 저녁에는 무엇을 해줄까 하며 잘할 수 있는 요리, 아니 무슨 요리까지 그냥 좀 할 수 있는 음식 메뉴가 머릿속에서 바쁘게 넘어갔다.

아들은 노가다 사장님이 점심을 사주고 어디론가 가버려 혼자 그 일을 마무리해야 했다. 누구 물어볼 사람이라도 있으면 좋겠는데, 뙤약볕 아래에서 혼자 흙먼지를 풀풀 날리며 화단을 깨고 부수는 일을 마무리하였다. 겨우 화장실이나 다녀오고서 흙과 돌을 덤프트럭에 퍼나르는 일을 시작했다고.

점심을 먹었지만 그 배는 3시쯤 되자 금방 꺼져서 갑자기 배가 고파졌다. 당시 집에 돌아갈 차비밖에 없어서 허기진 배를 채울 수 있는 것은 사장님이 두고 간 2리터 물 3통이 전부였다. 그 물을 벌컥벌컥 들이켜서 푹 꺼진 배를 물로 채웠는데, 물맛이 그렇게 꿀처럼 달콤한 것을 처음 알았다. 오후에는 새참도 없어서 물먹을 때를 제외하고는 5시까지 덤프트럭에 나르는 것까지 마치려고 쉴 생각도 못했다. 오후 5시 반이 되어서야 노가다 사장님이 와서 용구를 챙기고, 화단 작업을 부탁한 건물 주인에게 작업비를 받았다는 것이다.

"내일까지 작업하기로 했는데 오늘 다 끝내줘 고마워, 저 젊은 친구 밥이나 맛있는 거 사먹이지."

건물 주인은 추가로 5만 원을 노가다 사장님께 더 주셨다. 물배만 채운 아들은 그 5만 원으로 고기라도 먹지 않을까 내심 기대를 하였다. 사장님은 원래 저녁은 안 사주는데 특별히 사준다며 저녁을 먹으러 가자고 하였다. 오후 내내 등가죽에 붙었던 배가 즐거워서인지 꼬르륵 소리까지 냈다. 그러나 저녁은 백반으로 먹고 일당에 만 원만 더 얹어주고 끝이었다. 뭔가 아쉬움이 남는 첫 노가다 일을 끝내고 집으로 오는데 그 오는 길 내내 집이 그렇게 그리웠다고 한다.

그때 외출했던 장남이 돌아와 옆자리에 끼어들었다.

"뭐 재미난 일이라도 있어요?"

"너 막내가 막노동판 나가는 거 알았어. 몰랐어?"

"아 그거요, 알았죠. 그런데 왜 뭔 일이라도 생겼어요?"

장남은 이미 알고 있었다는 것이고 무슨 일이라도 생겼냐는 투로 반문을 하였다.

"이 자식들이 나만 빼놓고…. 너 막내 첫날 이야기 들었니?"

막내의 화단 작업을 이야기하면서 나는 점점 화가 나서 목소리가 커지기 시작했다.

"막둥이 이야기를 듣는 순간 난 달려가서 그 노가다 사장을 한 대 갈겨주고 싶었다. 일을 시켜놓고 새참도 안 줘서, 물 3통으로 물배만 채우게 하고 애가 무슨 물먹는 하마냐? 막내가 쉬지도 않고 일을 해서 이틀 치를 하루에 다 했는데, 그것을 만 원밖에 더 안 주다니 세상에 이런 도둑이….”

“엄마 왜 이렇게 흥분하셔? 눈에 그렁그렁한 것은 또 뭐래요?”

“우리 엄마 세상물정 모르시네. 막내가 순진해서 쉬지도 않고 일한 것을 가지고…. 그리고 요새 젊은 애들 그 정도는 다해요.”

장남의 한마디에 나는 갑자기 세상물정 모르는 한심한 엄마가 되고 아들들은 듬직한 산이 되었다.

“그것뿐이 아니라니까. 끝나고 씻을 곳이 없어서 근처 화장실에 가서 얼굴만 고양이 세수를 하고, 겨우 옷만 갈아입고 왔다더라. 금쪽같은 내 새끼를 물만 먹이고….”

겨우 참았던 나의 떨리는 목소리가 드디어 튀어나왔다. 두 아들 녀석은 재미있다는 듯이 깔깔대며 웃었다. 이야기 자체보다 엄마의 새로운 모습이 재미있다는 투다. 엄마가 감정이 격해지는 것을 보고 재미있다고 웃어젖히는 두 아들을 보니 배신감마저 들었다. 저것들이 좀 컸다고 엄마를 놀려먹는구나. 이 자식들이.

“엄마 너무 감격하시네. 그럼 보너스로 한 가지 더 얘기해줄게요.”

페인트칠도 하였다고 했다. 몇이 한 팀이 되어 하는데, 아저씨들은 틈틈이 자판기에 커피 먹으러 가고, 담배 피우고 물 마시고, 새참 먹고 화장실 가고, 사이사이 수다떠는 것을 보고 저렇게 일을 해도 될까 걱정이 되었다고 한다. 4일 동안 토요일까지 하기로 했는데,

아들은 토요일 선약이 있어서 그 팀 반장에게 이야기를 했다.

"내일 토요일은 약속이 있어서 못 나오게 되어 죄송합니다."

"그래, 원래 토요일까지 할 예정이었는데 학생이 열심히 해줘서 하루 일이 빨리 끝나서 내일 안 와도 돼. 수고했어."

아들의 새 이야기에 나는 화가 나서 속이 부글부글 끓었다.

"두 번씩이나 순진하게 오버를 하다니. 내가 너무 착하게 키웠나 봐. 멍청이 아냐."

혼자 화가 나서 씩씩대는 나를 두 녀석이 껴안고 난리를 피웠다. 아들놈들을 보니까 안쓰럽기도 하고 대견하기도 하여 내 얼굴은 묘한 표정이 되었다.

"에헤 이러다가 우리 엄마 우시겠네. 그래도 막내가 세상물정 알았잖아요."

갑자기 두 아들이 남편보다 더 듬직해보였다.

벽오동을 심으시죠

오늘은 딸을 시집보내는 결혼식엘 하루에 두 군데나 다녀왔다. 딸들의 결혼식을 보다가 문득 고전소설 『춘향전』의 한 구절이 떠올랐다. 이몽룡이 과거급제 후 암행어사가 되어 남원 춘향의 집에 도착하는 장면이다.

> 해 저문 황혼 무렵 춘향 문전에 당도하니 행랑채는 무너지고 집의 몸채는 허술한데, 예보던 벽오동은 수풀 속에 우뚝 서서 바람을 못이겨 추레하게 서 있다.

벽오동은 예부터 '덕망 있는 군자가 천하의 지위에 오르면, 태평한 세상을 몰고 나타난다는 봉황을 기다리는 상서로운 나무'로 전해져온다.

이름 있는 선비를 배출하고자 했던 서원이나 향교에서도 벽오동을 심었다. 소망을 이루게 해달라고 기도하는 마음으로 심었으리

라. 딸이 태어나면 혼수 가구를 만들어 줄 요량으로 벽오동을 심었다는 말도 전한다.

춘향모 또한 자신의 꿈을 딸을 통해 키워보고자 벽오동을 정성스럽게 키운 것이 아니었을까. 그러나 벽오동이 추레하게 서 있다는 것은 춘향모의 꿈이 좌절되었다는 것을 암시한 것으로 보인다.

다행히 이몽룡이 암행어사로 나타나서 탐관오리 변학도를 파직시키고, 춘향을 구해 사랑을 이룸으로써 백성들에게 희망을 주게 되었다. 그것은 벽오동의 전설대로, 춘향모가 정성스럽게 심고 가꾼 벽오동 덕분이라고 믿고 싶다.

춘향모가 벽오동을 심은 덕에 꿈을 이루었다고 본다면, 요즘 부모님들도 벽오동을 한 그루씩 심고 가꾸어 보는 것은 어떠실까요.

요즘 딸들을 시집 보내면서 이래저래 구설수에 오르는 명사들이 많아서 하는 말이다.

제4부
니체가 사랑한 루 살로메

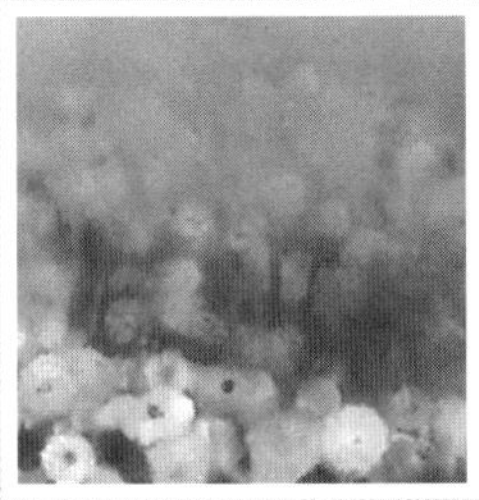

나의 수필 작법

모든 수필가는 좋은 수필을 쓰고 싶어한다. 나도 어떤 소재가 떠오르면 그 순간을 놓칠세라 쓰기 시작하지만, 몇 줄 쓰다보면 막히곤 한다. 그럴 때마다 수필을 다시 생각해보게 된다. 수필이란 무엇인가, 어떻게 써야 하는가. 수필이란 혼자 말하듯 하면서, 인생과 자연에 걸친 작가의 체험을 글로 독자에게 전달하는 문학이다.

프랑스의 철학자인 뷔퐁은 "글은 곧 사람이다"라고 하여 작가가 곧 글이요, 글이 곧 작가라고 했다. 수필은 작가의 체험을 소재로 독자에게 직접 이야기를 전한다. 수필의 화자인 '나'는 작가와 동일인이다. 수필의 이와 같은 고백적 형식을 통해서 작가는 독자에게 친근감을 주고 독자는 작가에게 신뢰를 보내게 된다. 수필 독자는 그 체험을 '사실'이라고 믿으며 읽는다.

자신의 체험을 소재로 삼을 때 그것을 어떻게 표현할까. 평범한 소재를 그대로 나열하는 것은 기록에 불과하므로 의미 있는 소재로 만드는 수필적 전략이 필요하다. 단조롭고 평범한 것에서 전혀 새로운 모습을 발견하여 의미를 찾아내는 것이다. 조그마한 얘깃거리 밖에 안 되는 소재일지라도 그것을 통해서 세상을 보는 눈과 생각이 인간적일 때 수필로서 가치가 있다. 이러한 일상의 소소한 것들이 녹여져 나올 때 독자도 공감할 수 있는 의미 있는 수필이 된다.

이렇게 수필은 아무도 대신할 수 없는 나만의 삶을 문학이란 이름으로 세상에 내놓는 일이다. 그러니까 아무렇게 내놓을 수 없는 일이다. 나는 내 나름대로의 글쓰기 방식을 만들었다.

첫째, 나의 체험을 진솔하게 써서 공감하게 한다. 나의 결함이나 실패담을 드러내어 소재로 삼는다. 이 체험을 처음에는 드러내기가 쉽지 않지만, 드러내고 나면 그 다음부터는 거칠 것이 없다. 잘 써야 한다는 부담감도 내려놓고 내면의 소리에 집중한다. 독자가 내 글을 읽으면서 '그럼 그럴 수 있지', '나도 그런 일이 있었어' 하면서 공감을 하게 한다.

둘째, 간결하게 쓴다. 최대한 수식어를 적게 써서 독자에게 느끼고 생각할 여지를 남겨준다. 생략한 부분은 독자에게 여운으로 남는다. 생각을 간결하게 쓰는 것이 시대의 흐름이고 정서이다. 5매 수필, 아포리즘 수필 등이 그것이다.

셋째, 재미있는 글을 쓰도록 한다. 재미있는 일화 등을 넣어 독자에게 즐거움을 주고자 한다. 평소에 유머나 재미있는 일화가 있으면 메모를 해둔다. 수필 한 편을 읽고 독자가 그 재미로 한동안 즐겁다면 그것은 작가로서 보람이 아니겠는가.

넷째, 쉽게 써야 한다. 표현은 쉽고 산뜻하면서 내용은 의미가 있게 쓴다. 판결문이나 논문, 전문가의 글도 쉽게 풀어쓰는 추세이니 더욱 그렇다.

나는 그동안 강단에서 문학을 가르치면서 딱딱하고 논리적인 글을 많이 썼다. 그러다가 부드러운 수필을 쓰려니 처음에는 쉽지 않았으나, 많은 작품을 읽고 본격적으로 수필을 쓰다보니 문체도 조금씩 말랑말랑하게 변해갔다. 글쓰기의 비결은 많이 읽고, 생각하고, 끊임없이 쓰는 것이다.

실제 원고를 쓸 때는 주제가 정해진 경우와 자유로운 경우로 나눌 수 있다. 어느 경우든 넓은 범위에서 주제의 방향을 잡고, 주제를 살아 움직이게 할 소재들을 찾아 모은다.

참신한 소재를 찾기 위하여 다방면으로 자료를 수집한다. 나의 경험을 추억의 창고에서 나오도록 앨범이나 고향도 찾아가본다. 시집이나 수필을 읽으면서도 다양한 영감을 받는다. 어느 문장을 읽다가 까맣게 잊고 있었던 기억이 떠오르면 즉시 메모를 한다. 다양한 소재들이 모이면 자료를 정리한다.

정리한 것을 어떤 순서로 써나갈 것인지 구상을 한 후 개요를 짠다. 대체로 내 자신이나 주변의 체험담 등을 실마리로 풀어나간다. 점차 이야기가 확장되어 보편적인 내용으로 독자와 공감대를 형성하는 구조로 전개하는 편이다. 그리고 집필을 시작한다. 마무리 단계에 접어들면 흐름이 부드러운지 소리내어 읽어보고, 퇴고를 가진다.

한 줄 한 줄 써나가는 동안 단어와 문장들이 작품의 형상을 갖춰 갈 때, 글 쓰는 묘미를 느낀다. 그러나 맘에 드는 작품이 금방 나오지는 않는다. 오랫동안 고심하며 진통을 겪은 후 찾아온다.

헤밍웨이는 『노인과 바다』를 쓰면서 무려 400번 이상을 고쳤다는 이야기가 전해진다. 훌륭한 작품을 만들어내는 비법은 재능이 아니라 얼마나 열정을 가지고 다듬느냐에 달려 있다는 것을 보여준다.

트라우마 소재의 확장

문학작품에서 트라우마를 소재로 한 작품을 종종 만난다. 심리학에서 트라우마는 '마음에 깊이 상처를 입힌 어떤 사건이나 상황'을 가리킨다. 모든 일이 트라우마가 될 수 있는 이유는 죽음, 전쟁 같은 사건의 크기나 심각성보다는 이를 맞닥뜨렸을 때 느끼는 개인 감정이기 때문이다.

물에 빠졌을 때 바닥에 발을 짚고 '수심이 얕구나'라고 여겨 안심하면 이는 트라우마가 되지 않는다. 같은 일을 겪어도 불안과 공포 등을 크게 느낀 사람에게는 트라우마로, 그렇지 않은 사람에게는 그저 스쳐가는 일상의 한순간이다. 트라우마의 후유증도 우울증, 악몽 등으로 다양하다.

임무성 작가의 「은하철도」는 승진심사 때마다 바늘구멍 같은 경쟁사회를 뚫고 살아남느라고 생긴 트라우마의 후유증으로, 지금도 악몽을 꾸고 있는 것을 쓴 아포리즘 수필이다. 아포리즘은 속담과 잠언처럼 길이가 짧고 압축된 말 속에 깨달음과 기지가 번뜩이는 말이나 글을 일컫는다. 2000년대 들어와서 두드러지게 나타난 짧은 수필 유형이다.

화자는 직장 다닐 때 승진시험이나 심사를 앞두고선 악몽에 시달린다. "나는 온 힘을 다해 승강장 계단을 몇 개씩 뛰어내려갔다. 숨이 턱에 차고 (…) '이번에 또 놓치면 일 년을 더 기다려야 해, 안 돼!' 그러나 간발의 차이로 괴물 같은 열차는 기적소리만 길게 남긴 채 이무기로 변신되어 밀림 속으로 스르르 사라졌다. (…) 뒤늦게 죽을힘을 다해 계단을 뛰어내려온 동료 몇몇도 (…) 발을 동동 굴렀지만, 열차는 이미 떠난 뒤였다."

그런 꿈을 꾸고 나면 "떨어져도 좋으니 시원하게 덜커덩 붙는 꿈이라도 한번 꾸어봤으면 좋겠다고 푸념해봤지만" 그런 꿈은 한번도 꾸지 않았다고 한다. 꿈에라도 시원하게 덜컥 붙고 싶은 그 간절함이 트라우마가 되었으리라.

그래도 몇 년마다 승진 열차 맨 뒤 칸에 겨우 타며 일복이 많다는 동료의 위로를 받았다는 것은, 정말 공정하고 정의로운 사회인가를 꼬집은 것이다. 일하는 사람 따로 있고, 승진하는 사람 따로 있는 것은 아닌지.

퇴직하고 나서도 한동안 같은 꿈을 꾸었다. 예전과 다른 점은 종착역에 내린 것이다. 그곳에선 먼저 타려고 별별 야료를 부리던 군상들이나 진인사대천명盡人事待天命하던 인사들 할 것 없이 모두 서성거리고 있었다. 더 갈 곳 없는 종착역에서 그들은 또 어디로 가려고 두리

번거리고 있던 걸까.

이것으로 보아 화자는 종착역에서 만난 군상들을 통해, 조금 앞서 승진한 사람이나 늦은 사람이나 별 것 아니라는 것을 깨달아 위안을 얻은 듯하다. 문제는 퇴직한 지 오래된 지난 "간밤에 왜 또 그 괴물 같은 열차를 타려고 등에 땀이 배도록 뛰었는지 알다가도 모를 일이다. 이젠 은하철도를 타야 할 나이가 되어 가는데 말이다."

야료를 떨며 앞서간 자들이 별 거 아니라고 마음을 먹고 있는데, 은발이 날리는 나이에도 도망가는 열차를 땀이 배도록 뛰어가는 악몽에 시달린다. 그것은, 아직도 욕망에 대한 미련 때문이 아닌가 하며, 살짝 비틀기를 한 것이 이 글의 백미가 아닐까.

치열한 경쟁사회에서 아슬아슬하게 놓친 안타까움을 떠난 열차에 비유하고, 종착역에서 만난 군상들의 모습에 인간의 삶을 함축적으로 비유한 것이 돋보인다. 승진 경쟁에 대한 트라우마를 통하여 '현대 경쟁사회를 비판하고 인간 욕망의 덧없음'이라는 주제를 상징적으로 잘 드러냈다.

낯선 시각으로 주제 확장

수필에서 소재의 비중은 아주 크다. 흔한 소재를 선정하더라도 자기만의 독특한 체험이나 남들과는 다른 시선으로 소재의 참신한 가치를 인식하고 새로운 세계를 만들어가는 것이 문학이다.

홍정현 작가의 「사라진 모든 생선의 눈알」은 소재를 바라보는 시선이 새롭다. 멸치처럼 작은 물고기와 도미처럼 조금 큰 물고기를 통하여 인간의 양면성을 보여준다.

화자는 도미 회를 떠가지고 와서 포장을 뜯다가, 함께 딸려온 매운탕거리가 담긴 검정 봉투를 보고 갈등한다. 도미의 머리와 뼈, 난도질당할 때의 고통이 담겨 있을 도미의 눈동자를 마주할 수가 없어 매운탕을 못 끓이겠다고 남편에게 선언한다. 그리고 남편의 두 가지 질문으로 결론이 나오기까지의 사유를 적은 수필이다.

머리와 뼈, 도미의 눈동자를 차마 볼 수가 없어서 매운탕을 못 끓이겠다고 남편에게 선언할 때, 남편이 "멸치 눈알은 매일 잘도 씹어 먹으면서"라고 한마디 한다. 화자는 '멸치는 작아서 눈이 잘 안 보이잖아'라고 말을 하려다 말끝을 흐린다. 작아서 전혀 눈을 의식하지 않고 먹었지만 작아도 눈은 눈이고, 작아도 물고기는 물고기인데 하며, 멸치를 소재로 한 시를 떠올린다.

김기택 시인의 시처럼, 멸치볶음 한 젓가락엔 바다가 담겨 있었다. 바다에서 호기롭게 헤엄치던 멸치의 자유를 나는 아무렇지 않게 우적우적 씹어 먹었다. 내가 두려워하는 죽은 생물의 눈을, 작아서 보이지 않는다는 이유로 외면하면서…. 작지만, 분명히 존재하는 그 눈 속에, 멸치가 바라봤을 바다가 있었다. (…) 그물에 걸려 느꼈을 멸치의 공포와 뜨거운 햇살에 말라가며 서서히 체념하고 받아들인 멸치의 죽음이 있었다. 그것들을 나는 맛있게 먹어치웠다. 셀 수 없이 많은 멸치의 눈알들이 내 위장 소화액에 녹아 사라지며 진정한 최후를 맞이한 것이다.

매운탕거리가 담긴 검정 봉투에서, 난도질당한 도미의 머리와 뼈, 큰 눈동자는 차마 볼 수 없을 만큼 연민을 느끼지만, 멸치처럼 작은 물고기에게는 연민은커녕 당연한 인간의 먹거리로 생각하는 인간의 양면성을 도드라지게 드러낸다.

남편은 또다시 "그래서 멸치도 먹지 않을 건가"라는 질문을 던져 화자는 고민한다. 채식주의자가 되어야 하나? 죽은 멸치들의 생도 경건하게 떠올리며 잠시 갈등하지만, 짭조름한 멸치볶음이 없는 화자의 일상이 너무 심심할 것 같아 처음 생각을 포기하고, 회 한 점을 집어먹기 시작하는 것으로 작품이 끝난다.

"특히 즐겨 마시는 맥주와 멸치볶음의 환상적인 궁합을 포기할 수 없었다. (…) 자, 얘기는 그만하고 빨리 먹자."

남편의 두 번 질문으로 상황을 전개하는 구성과 도미, 멸치 두 대상을 대조시켜 주제를 드러내는 것이 특징이다. 도미, 멸치 등 작은 물고기를 문학적 소재로 사용한 작가의 선택도 돋보이며, 물고기 소재가 지닌 의미를 남다르게 발견한 것도 의의가 있다. 재치 같은 것이 엿보인 대신, 진솔한 감동 같은 것은 아쉬웠다. 고려시대의 한문 수필인 이규보의「슬견설」을 떠오르게 한 수필이었다.

이 작품에서 '도미와 멸치'라는 작은 물고기를 다루고 있지만, 궁극적으로 말하고자 하는 의도를, "그것은 위장에서 사라진 모든 생선 눈알에 대한 진지한 사유를 꿀꺽 삼켰다"라고 드러낸 진술에서 알 수 있다. 주제는 '약육강식에 익숙한 인간의 모습에 대한 깨달음'이라고 할 수 있다.

어머니의 소리

아이들이 어릴 때, 우리 집 거실 창문 앞쪽에 놀이터가 있었다. 칠십대 친정엄마가 아이들을 돌보아주고 계셨는데, 하루에 한번씩은 놀이터에 가서 놀아주셨다. 그곳에는 숨바꼭질할 만한 구멍도 있었다. 바람이 불면 유독 덜거덕 소리가 나는 놀이기구도 있었다.

외할머니 코밑에 아이들은 바짝 붙어 앉아서 옛날이야기에 빠지기도 했다. 무슨 이야기인지는 몰라도 머리를 맞대고 웃고 놀라기도 하는 모습은 보기만 해도 행복했다. 그래서 나는 머리를 맞대고 뭔가 이야기하는 모습을 언제나 좋게 생각하는 버릇도 생겼다. 어머니가 그리울 때면 그 시절 조손祖孫 간의 풍경이 생각난다.

연로한 친정어머니에게 한 살과 여섯 살짜리를 맡기고 뒤늦은 공부를 시작했다. 내가 방학을 시작하면 엄마도 휴가를 떠나듯이 시골로 내려가셨다. 그러나 너무 힘이 드셨는지 그 겨울방학 1월에 돌아가셨다. 어머니께서 고생하신 것이 언제나 죄송하고 미안하여 늘 내 마음 깊은 곳에 고여 있다. 나의 가슴 아픈 바람이다. 마음이

스산한 날이면 내 공동空洞에서 엄마의 소리가 들린다. 아이들이 신나게 놀던 놀이터에서 바람이 불면 덜거덕거리던 놀이기구를 엄마는 얼마나 불안한 마음으로 지켜보셨을까. 아픈 추억이라는 바람이 엄마라는 구멍에 부딪혀 '우우' 소리를 내는 것이다.

내가 서울에 와서 대학에 입학한 그 이듬해, 하나뿐인 여동생도 고등학교를 서울로 진학했는데 그 애가 갑자기 세상을 먼저 등졌다. 엄마는 그다음부터 시골집보다는 기회만 되면 혼자 지취하는 나에게로 와 계셨다.

부모님은 내가 태어나기도 전에 큰오빠가 도시에 나가 학교에 다니게 되자, 당신들이 입학한 것처럼 좋아하시며 그 도시에 가서 함께 살며 정성을 들였다. 그런데 어느 날 갑자기 맏아들 소식이 끊겨 애간장을 태우신 분들이다. 엄마의 가슴에 생긴 구멍을 나는 잘 모르고 살았다

낯선 서울에서도 엄마는 가까운 교회를 열심히 다녔고 이웃들과도 잘 사귀셨다. 딸이 직장 생활하면서 결혼이 늦어지자 기도 제목은 '혼사'였다. 엄마랑 동네를 다니면 인사하는 분마다 한번 더 인사를 받게 했다. "아 따님이시군요…." 그래서 가능하면 엄마랑 같이 다니지 않으려고까지 했다. 임시변통으로 봄에는 가을에, 가을에는 내년 봄에 간다는 것으로 말막음으로 삼았다.

그때 어머니를 속태우던 벌을 지금 내가 받는 것은 아닌지, 두 아들 중 한 녀석이 장가를 안 가고 있어서 걱정이다. 엄마는 그때 얼

마나 애가 타셨을까. 처지를 바꿔 생각하니 죄송만만이다. 뒤늦은 반성, 추억이라는 바람은 엄마라는 구멍에서 불쑥불쑥 나타나 소리 없는 아우성, 소리를 내지른다. 그분 나이를 바라보며 요즘 가슴속에서 꽃잎 떨어지는 소리를 듣는다. 창밖에 백목련이 소복하게 피었다. 한창인 벚꽃도 소리 없이 떨어지고 있다.

어머니가 겪은 세월의 바람, 소리 없음에서 소리를 듣는 건 귀가 아니라 가슴이다. 바람이 가슴의 빈 곳을 울리며 지나가는 소리를 이제야 들어보려 애쓰고 있다.

땅의 피리 소리

남곽자기南郭子綦가 책상에 기대앉아 하늘을 바라보며 긴 한숨을 내쉬었다. 멍하니 허공을 바라보는 모습이 마치 몸과 마음을 다 잃어버린 것 같았다. 제자인 안성자유顔成子游가 시중을 들다가 말했다.

"어찌된 일인지요? 선생님의 몸이 마른 나무 같고, 마음도 불탄 재처럼 죽어버린 것 같습니다. 마치 딴 사람 같습니다."

남곽자기가 대답했다.

"자유야, 질문 잘했구나. 지금 내가 나를 잃어버렸다. 너는 알겠느냐?"

남곽자기와 안성자유의 대화로 『장자莊子』의 「제물론」은 이렇게 시작한다. 평소와 다르게 정신이 나간 듯한 모습에 연유를 묻는 제자에게 남곽자기는 말한다. 내가 나를 잃어버렸다吾喪我고 하면서 엉뚱한 이야기를 이어갔다. 오상아吾喪我란 무엇일까.

오吾는 태어날 때 지녔던 '원래의 나'다. 원래의 나는 의식이 없어 마치 흐르는 물과 같다. 반면 인간은 내가 생각하고, 내가 말한다는 의식으로 활동한다. 이것은 우리가 살면서 '만들어낸 나我'이다. 자아自我, 에고ego이다. 그래서 원래의 나와 만들어진 나 사이의 틈새는 벌어질 수밖에 없고, 심지어 만들어진 나를 원래의 나로 착각하기까지 한다.

이제 만들어진 나를 지워야만 원래의 내가 드러나는데, 이를 위해 장자는 '내가 나를 버려야 한다'고 말하는 것이다. 이렇게 「제물론」은 자기子綦라는 사람이 만들어진 나를 버림으로써 새로운 인간으로 변한다는 이야기로 시작한다.

만들어진 나는 어떻게 생기는 것일까. 우리는 눈·귀·코·혀·몸의 오관으로 희로애락을 느끼고, 마음에서 의미를 만들어낸다. 우리는 조금 더 아름다워지기 위해 얼굴을 고치고, 조금 더 재물을 모으기 위해 영혼을 팔기도 한다. 이 모든 것은 나라는 의식, 아름다운 나, 부자인 나라는 의식이 마음에 크게 자리잡아서다.

이런 내我가 원래의 나吾를 압도하면서 전도하는 현상까지 발생한다. 이에 장자는 이런 감각 때문에 만들어진 자기를 멈추라는 것이다. 이렇게 나를 잃어버렸다吾喪我고 하면서 스승은 여러 피리 소리를 들어봤냐고 물었다.

"너는 사람들의 피리 소리人籟는 들었겠지만, 땅의 피리 소리地籟는 듣지 못했겠지. 땅의 피리 소리는 들었다 하더라도, 하늘의 피리 소리天籟는 듣지 못했을 거야."

"감히 여쭤보아도 되겠습니까?"

"땅이 뿜어내는 숨소리를 바람이라고 하지. 그것이 불지 않으면 고요하지만, 한번 불면 수많은 구멍에서 온갖 소리가 나지. 너도 들어봤겠지? 아름드리 큰 나무의 구멍들이 코처럼, 입처럼, 귀처럼, 더러는 술잔처럼, 웅덩이처럼 되어, 물 흐르는 소리, 씽씽 화살이 나는 소리, 나직이 꾸짖는 소리, 가늘게 숨 쉬는 소리, (…) 통곡하는 소리를 내는 것을. 그게 다 바람이 불어서 나는 소리 아니니? 이 구멍들은 산들바람에는 가볍게 호응하고 거친 바람에는 거세게 대응하지. 그러다 태풍이 멎으면 모든 구멍이 고요해지지. 너도 보았겠지? 나무가 바람 때문에 크게 흔들리기도 하고, 가볍게 흔들리기도 하는 것을"

자유가 말했다.

"땅의 피리 소리란 결국 여러 구멍에서 나는 소리군요. 사람의 피리 소리는 바로 피리에서 나는 것이고, 그럼 하늘이 내는 피리 소리는 무엇인지요?"

스승인 자기가 답했다.

"온갖 것에 따라 바람이 모두 다르게 불어넣어지니 제 특유의 소리를 내는 것이지. 모두 제소리를 내고 있다고 하지만, 과연 그 소리가 나게 하는 것은 누구이겠느냐?"

— 장자, 「제물론」

제자도 스승처럼 하늘의 피리 소리는 무엇이며, 누가 그 소리를 내게 하는 것일까 하고 멍한 얼굴로 빈 하늘을 바라보는 장면이 영화처럼 떠오른다.

장자는 끝부분을 남곽자기의 물음으로 끝냈다. "소리가 나게 하는 것은 누구이겠느냐?" 보통의 저자들이 결론을 내는 것과는 다르게 장자는 그렇게 묻고 열린 결말로 끝냈다. 독자께서 알아서 하라고…. 고대에 이미 그런 열린 사고로 결말을 내다니 장자의 놀라운 재치가 아닌가.

나를 잃거나 혹은 잊어야 깨달음의 경지에 오를 수 있다는 장자의 철학사상에 공감하면서도, 장자가 제자와 진리를 나누는 대화법에 감탄했다. 스승과 제자가 하늘이 내는 피리 소리가 무엇인지, 그 소리를 내는 존재가 누구인지 사색하며 진리를 탐구하기 위해, 자기조차 잊고 몰두하는 모습이 정겹게 연상되면서 잠깐 전율을 느꼈다.

현인이라는 남곽자기 옆에 서서 나도 우주를 움직이고 진리를 주관하는 자가 누구인지, 하늘의 피리 소리를 내는 존재가 무엇인지 상상해볼 수 있지 않은가. 그런 생각을 하다보니 나도 설레기 시작했다. 세상의 모든 소리를 태초에 나게 한 그 존재는 도道이기도 하고, 신이기도 하고, 조물주이기도 할 텐데….

하늘의 피리 소리에 대해 남곽자기는 이야기했다. 그것은 사람의 악기이든 땅의 나무등걸이든 그 구멍에 불어넣는 바람 그 자체다. 그 바람은 구멍들과 부딪쳐서 소리를 전하는 것뿐이다. 그렇게 온갖 것에 바람을 불어넣어 나직이 꾸짖는 소리, 통곡하는 소리 등 제각각 소리를 내게 하는 존재가 바로 하늘의 피리 소리다. 스승은 그것이 하늘, 즉 도道라는 것을 깨달았다. 그러니까 하늘의 피리 소리는 따로 내는 소리가 없다. 사람과 땅과 모든 존재가 각각 저에게 맞게 내는 그 소리가 바로 하늘의 피리 소리였다.

그런 '하늘의 피리 소리'는 모든 소리를 꿰뚫는 단 하나의 소리이면서도, 어떤 구멍을 통과하느냐에 따라 제각각 다르게 존재하게 된다. 그런데 우리는 제각각의 소리만 들을 줄 알고, 그 바탕의 하늘의 피리 소리는 들을 줄 모른다.

'나'를 덮고 있는 분별들을 떨쳐내고, 있는 그대로 바라보게 될 때 하늘의 피리 소리를 들을 수 있게 될 것이다. 이렇게 도를 깨우친 사람은 그 속에서 하늘의 피리 소리를 듣는 것이고, 사람마다 자기가 가진 모양대로 사는 것뿐이다.

어떻게 하면 도를 깨우칠 수 있을까. 그 방법을 장자는 말했다. 제물론 도입부에서 남곽자기와 안성자유의 대화를 통해 '나를 잃어버림'이라고 했다. 오상아吾喪我이다. 말라죽은 나무와 같은 몸槁木之形은 오관에 의한 감각작용을 멈출 때, 불 꺼진 재와 같은 마음死灰之心은 모든 의미작용을 멈춤으로써 가능하여, 남곽자기는 상아喪我의 상태에 이른 것이다. 나[我]라는 의식, 즉 자의식을 없애는 일이 중요하다. 죽었다가 다시 태어난 것 같은 느낌, 즉 마음을 속박하는 모든 집착에서 벗어난 자유로운 상태를 가리키는 말이다.

우리가 오관을 통하여 기쁘다, 슬프다 등의 판단을 분별심이라 하는데 그 분별심을 가진 나를 '작은 나'라고 한다면, 기쁨과 슬픔, 미움과 사랑을 구별하지 않고 결국 그것이 하나라는 것을 아는 나는 '큰 나'이다. 작은 나를 초월하여 큰 나로 거듭나는 것이 '나를 잃어버리는 것'이다. 이것이 오상아이다.

그래서 방금 도를 깨우친 스승의 모습이 마른 나무토막 같고, 불씨가 다 꺼진 재처럼 보였다. 나를 잃고 멍하니 앉아 있다는 것은 목석木石이 되었다는 것이 아니라, 반대로 완벽하게 깨어 있다는 뜻으로, 눈과 귀가 활짝 열려서 온갖 것을 보고 듣는 것이라는 것이다.

안성자유도 우리도 언젠가는 하늘의 피리 소리를 들을 수 있기를 기대한다.

다름에 대하여

요즘엔 이런저런 모임에 가서 말하기가 겁이 난다. 어쩌다가 시국 얘기를 하게 되면 이쪽저쪽으로부터 비난받기 일쑤다. 예전에는 종교 얘기와 정치 얘기만 빼면 그런대로 모임을 끝낼 수 있었는데, 요즘엔 그 정도 가지고는 어림없다. 아마 촛불집회와 태극기집회 이후로 매사 대립각이 심화되었기 때문인 듯하다.

자신의 생각이나 견해가 다른 사람을 이상한 눈초리로 바라보고, 적반하장 격으로 어찌 그리 편견이 심하냐고 힐난까지 한다. 다름을 인정하지 않으려 한다. 점점 논쟁이 길어지면 상대방의 다른 생각은 틀린 것이 되고, 나아가 나쁜 사람으로 아주 나라를 망치려는 사람으로 매도되고 만다. 다른 것은 모두 틀리는 것이라고 생각하기 때문이다.

'다름'은 틀림이 아니다. '다름'은 순 우리말이고 기본형은 '다르다'이다. 비교가 되는 두 대상이 서로 같지 않다는 뜻이다. 틀리기는커녕 다르다는 의미 속에는 보통 것보다 두드러진다는 뜻도 있다. "전문가는 역시 다르다"가 그 예이다.

다름을 인정하지 않는 사회는 분열되고 나라는 쇠망의 길로 들어선다. 조선 후기에 사문난적斯文亂賊이라는 용어가 있었다. 사문난적은 유교의 도리를 어지럽히는 역적이란 뜻이다.

조선은 주자학의 나라여서, 모든 유교 경전은 철저히 송나라 주자朱子(1130~1200)의 해석에 따라야 했다. 그러나 다르게 생각하는 사람도 있었다. 숙종 때의 대학자 윤휴(1617~1680)는 기존 성리학과 다른 시각으로 유교 경전을 해석했다. 얼마 후 친구이며 당시 권력자인 노론의 송시열(1607~1689)은 그를 '사문난적'으로 몰아 사약까지 내렸다. 송시열을 중심으로 한 집권세력은 주자학을 비판한 박세당이나, 노장사상에도 두루 지식을 가진 허목(1595~1682)이 어찌 유학만 진리라 할 수 있느냐는 말을 했다고 사문난적으로 몰아 매장을 하였다.

이런 획일적인 분위기의 조선에서 새로운 사상이나 창조적인 생각은 싹틀 수가 없었을 것이다. 그렇게 몇 백 년 이어져 오다보니 서구의 새로운 문물 앞에서도 빗장을 걸고 주자학 하나만 붙들고 있던 셈이다. 조선이 근대화로 나아갈 기회를 놓치게 된 획일성은 끝내 멸망의 길로 치달았던 것과 무관하지 않았을 것이다.

이러한 획일성은 '다르다'는 것을 '틀리다'로 생각하고 '차이'를 '차별'로 생각하는 데서 생긴다. 다양성을 존중하지 않고, 소통하고자 하는 의지보다는 자신이 보는 범위 내에서만 인식하는 편향된 생각도 한몫을 한다.

다름을 인정하지 않고 일사불란한 나라가 성공한 예는 거의 없다. 히틀러도, 일본의 군국주의도 망했다. 초기 문화강국 조선이 일본에 추월당한 것도 오직 주자학 하나만 진리인 줄 알고 붙들고 있었던 탓이 크다고 본다. 일사불란을 최고 미덕으로 여기고 여럿의 갈등을 병적으로 싫어하는 권력 탓이기도 하다.

『장자』의 「제물론」에도 주변국을 하나로 통합(획일화)하려는 의도로 전쟁을 꿈꾸는 우화가 나온다. 「제물론」은 봄에 보리 이삭처럼 그 높이가 가지런하다는 뜻을 표현한 것으로, 모든 생명체의 존재가치가 동등하고 가지런하다는 것이다. 모든 존재자들이 동일한 '하나'가 아니라, 다양한 존재자들이 서로 차별 없이 조화를 이루며 연결되는 '하나'를 뜻하는 말이다.

『장자』를 읽다보면 아하! 하고 자신도 모르게 탄복하게 되는 경우가 있다. 그만큼 장자의 글이 우리들 가슴에 진하게 남기 때문이다. 장자(BC 369년~289년경)는 자신이 전하고자 하는 의미나 철학을 우화를 통해 보여주는데, 중언重言이라는 기법을 사용하고 있다. 그것은 유명한 사람의 입을 통해 필자 자신의 말을 하는 것이다. 권위에 기대어 설득력을 배가시키는 기법이다. 요와 순은 역사적으로 유명한 전설적인 태평성군이다.

정용선의 『장자, 위대한 우화』(인간의 기쁨, 2016. 136~139쪽)를 참조하면, 「제물론」에서 요 임금이 순 임금과 대화를 나눈다. 요 임금이 왕위에 올라 천하에 군림하는 위세임에도 종宗과 회膾, 서오胥敖라는 작은 세 나라가 조회(복종)하지 않아, 이 세 곳을 정벌하려는데 마음이 시원치 않은 까닭이 무엇인지 순 임금에게 묻는다.

요임금은 만물이 '하나'로 조화롭게 연결되어 잘 다스려지기를 바라기는 하되 그것이 정치적인 통일, 즉 획일을 통해 이루어져야 한다고 믿고 있다. 그래서 정벌을 통해 복종의 구조를 확립하는 게 마땅하다고 보는 것이다.

"그 세 나라는 변방에 위치한 작은 나라로서 마치 들에 핀 쑥과 같아 대세에 아무 지장이 없고 대업에 방해됨도 없는데 당신은 어찌하여 그들을 그냥 두지 않고 정벌하려는 것이요?"

순 임금은 그 세 나라가 비문명국이라고 말한다. 비록 '비문명국'일지라도 그 사회에는 고유한 문화가 존재하고, 그 문화 역시 존중받아야 마땅하다. 그 문화를 굳이 요의 문명처럼 만들어야 할 이유는 없다. 예컨대 학의 다리가 길다고 자르거나 오리의 다리가 짧다고 늘려서 서로 같아지게 하는 것이 아니라, 학의 긴 다리는 긴 대로, 오리의 짧은 다리는 짧은 대로 평등하게 조화를 이루도록 하는 것이 바로 적극적인 '제물'의 일이다.

결국 요가 세 나라를 정벌하여 휘하에 두고자 하는 것은 겉보기에 하나됨을 추구하는 것처럼 보이지만, 사실상 그곳을 차지하여 지배하고 싶은 것이다. 그 점을 간파했기에, 순도 대체 석연치 않은 이유가 무엇이냐며 요를 은근히 질타한 것이다. 작은 나라들의 다양성을 인정하지 않은 채, 오로지 요 임금 나라에 복종하여 하나가 되는 획일을 추구하기 때문이다.

작은 세 나라는 세상과 다툴 의사가 없는데 그들을 그냥 둘 경우, 요 임금이 성왕이라는 자신의 명예에 누가 될까봐 전쟁을 하려한다고, 장자는 우화를 통해서 말하는 것이다. 유가의 성군인 요 임금을 꼬집은 거다. 세상 사람들이 당연시하는 '요 임금'이라는 권위도 뒤집으며 획일을 비판한 것이다. 또 세상 사람들이 평소 당연시하는 일상적이고 습관적인 앎을 뒤집으며, '획일적 앎'에 대한 것도 비판한 것이다.

신화시대에도 거론되었던 다름을 인정하며 다양성을 존중하자는 점이, 21세기에는 잘 되고 있는가. 『장자』를 읽다보니 장자는 우리 삶을 편하고 자유롭게 소통하는 길을 일찍이 제시한 혜안이 가장 마음에 와닿았다. 진정한 소통을 원한다면 우선 다름을 인정하고, 그 대상을 있는 그대로 비추는 거울 같은 마음을 갖고, 거울처럼 마음을 비우는 선입견이 없는 허심虛心에서 가능하다고 한다.

그간의 나의 마음에 응어리졌던 것이 해결된 것은 없지만, 서로 다른 점을 인정하니 마음의 굴곡이 전보다는 편안해졌다. 장자는 뭔가를 하자거나 해야 한다고 주장하지 않고, 다만 뭔가에 대해 생각해보자거나 검토해보자는 식으로 논의를 전개한다. 2300여 년 전에도 획일성보다는 다양성을 인정한, 마음 넓은 신사와 대화를 나눈 것처럼 기분이 상쾌하다.

아포리즘 수필과 장자의 우언

1. 실험수필의 모색

상상을 초월한 디지털 매체의 발달로 인해 우리는 큰 변화 속에 살고 있다. 수필창작도 시대 변화에 따라 새로워지고 있다. 문학과 자연과학이 통합하여 새로운 것을 만들어내듯 범학문적인 통섭[1]을 통해 변화를 시도하고 있고, 그 중에 시가 수필의 형식을 취하거나 소설이 수필 형식과 혼용[2]됨으로써 수필의 위상이 주시의 대상이 되고 있다.

장르 혼용인 "소설이 수필 형식을 취한 예로는 최인훈이 자신의 자전적 체험을 소설화하여 장편 『화두』를 발표한 이래, 최근 간행된 배수아의 장편소설 『에세이스트의 책상』에서 (…) 수필 형식을 활

---

1) 안성수, 『수필오디세이』 2권, 수필과비평사, 2015, 37~40쪽. 손광성의 「달팽이」는 생물학이나 연체동물에 대한 조사와 탐구과정을 거쳐 창작된 것으로 추정된다고 했다. 이런 사례로 서정범의 「나비이야기」, 조재은의 「0.2mm+0.5mm=∞」 등도 제시하고 있다.

2) 안성수, 위의 책, 148~151쪽 참조. 포스트모더니즘에서 가장 큰 변화는 장르 혼융의 조짐이다. 장편(掌篇)소설, 엽편(葉片)소설 등이 선을 보이면서 소설과 수필의 거리는 점점 가까워지고 있다. 이러한 장르 혼용현상은 장르 진화론적 관점보다는 대중으로부터 점점 소외되어가는 장르 현상을 타파하기 위한 실험적 글쓰기의 한 양상이다.

용하고 있음을 밝히고 있다".[3] 이와 같이 수필을 활용한 범문학적 장르 혼용이 가능한 것은, "작가의 실제 경험을 소재로 채택하는 창조 전략과 무한한 형식 탐구의 자유로움을 허용하는 미덕이 내재해 있기 때문이다. 그럼에도, (…) 수필가들에게는 미래에 수필이 자칫 정체성을 내주고 힘이 강한 장르와 통합될지도 모른다는 불안감을 갖게 한다".[4]

이러한 현상에 대해, "우리 수필문단에서 새로운 이론 개발과 변화 촉구에 가장 앞장서고 있는 이는 바로 운정 윤재천일 것이다. 이런 논의와 주장의 근저에는 바로 실험정신이 깔려 있다".[5] 그는 아포리즘 수필, 퓨전수필, 메타수필, 마당수필, 뮤지컬수필, 수화隨畵에세이 등 여러 형태의 실험수필을 개발하고 수필론도 개진하였다. 왜 이런 수필의 실험이 필요한가? 이 문제에 대해 안성수는 『수필 오디세이 Ⅱ』에서 이렇게 논하고 있다.

> 요즘 들어 수필의 미래를 걱정하는 사람들이 많다. 전통을 중시하는 사람들은 수필의 정체성과 미학이 왜곡되거나 변형되어가고 있다고 걱정하고, 변화를 중시하는 사람들은 수필의 전통과 관습이 시대정신과 호흡하며 끊임없이 실험의 대상이 되어야 한다고 주장한다.[6]

---

3) 안성수, 위의 책, 150쪽. 최인훈『화두』(민음사, 1994). 배수아『에세이스트의 책상』(문학동네, 2003).
4) 안성수, 위의 책, 151쪽.
5) 한상렬,「운정(雲亭) 윤재천의 수필론, 다시 읽기」,『윤재천 수필세계』, 문학관, 2012, 559쪽.
6) 안성수, 앞의 책, 157쪽.

"최근 수필문학의 변화 가운데 두드러진 것 중의 하나가 해체와 소통을 통한 수필문학의 자생력 키우기와 그 가능성 모색을 위한 다양한 시도가 지속적으로 이루어지고 있다. (…) 비문학이라는 오해 속에 지난 날 열세 장르로 취급받던 수필문학이 과감히 전통 수필의 고정화에서 탈피하여 접목, 융합, 결합, 파괴, 해체 등 여러 가지 실험과 시도를 모색함으로써 오늘의 한국수필 정체성을 확보하고자"[7] 하였다.

2. 아포리즘 수필

아포리즘Aphorism이란 경구警句나 격언, 잠언 등을 일컫는 말이다. "일반적으로 생각할 수 없는 기발한 생각이나 기지를 짧은 글로 나타냄으로써 어떠한 원리나 인생의 교훈을 간결하게 표현"[8]한 것이다. 아포리즘은 길이가 짧고 정문일침頂門一鍼의 압축된 말 속에 깨달음과 기지가 번뜩이는 말이나 글이다. 격언과 속담, 잠언이 오랫동안 널리 유포된 것이라면, 아포리즘은 작가의 창작성을 중요시한다는 점이 다르다.

수필은 주제성이 강조되는 메시지 문학이다. 짧은 산문 형식의 수필은 촌철살인과 같은 메시지를 담기에 가장 적합한 그릇이다. 디지털 패러다임으로 바빠진 시대에 짧아진 '아포리즘 수필'은 수필쓰기에 좋은 대안이 될 수 있다고 본다. 이유는 아포리즘 수필은 길

7) 허만욱, 「관조와 탐색, 해체와 융합의 수필미학」, 『현대수필』 겨울호, 2018. 35쪽 참조. 예컨대 '그 림이 있는 글', '영상에세이', '수화에세이' 등의 연재물과 기획물 등이 그것이다.
8) 한국문학평론가협회 편, 『문학비평용어사전』 하, 국학자료원, 2006. 399쪽.

이가 짧고 뜻은 함축적이며, 언어는 간결하기 때문이다.

'아포리즘 수필'이라는 용어를 처음 공언한 『수필 아포리즘』[9]에서 "고정된 관념과 타성에서 벗어나고, 시대의 흐름을 수용하여 자기 변신을 도모해야 한다는 주장을 쉼 없이 피력한다"[10]고 한 서문의 일부를 보겠다.

낡은 형태의 실험수필을 거쳐 아포리즘 수필시대를 눈앞에 두고 있다. (…) '변화'는 '성장'의 다른 표현으로 인식된다. 그러나 그동안 다른 것에 비해 수필은 (…) 관념에 묶이고 타성에 길들어 있었다. 이런 점에서 우리의 시도는 '의거'라고 불러도 좋다. 원고지 매수로 2.5매 '아포리즘 수필시대'의 문을 연다.

그 후에 『그림 속 아포리즘 수필』[11]과 여러 문학 장르의 작가들이 참여한 『수필은…』[12] 수화隨畵집 등이 발간되었다.

최근 한국실험수필작가회에서 발간한 『한국실험수필』[13]에서 3집까지 실린 작품을 중심으로, 한상렬은 새로운 분류를 시도하였다. 기존의 일반 수필(15매)과 아포리즘 수필(5매)로 우선 양에 따른 유

---

9) 윤재천 엮음, 『수필 아포리즘』, 소소리, 2012.
10) 신재기, 「한국 낭만주의 수필의 전범」, 『운정 윤재천 미수 기념논집』, 운정 윤재천 미수기념논집 간행위원회, 2019. 790쪽.
11) 윤재천 엮음, 『그림 속 아포리즘 수필』 문학관, 2014. 그림 한 면과 두 쪽의 글이다. 수필과 관련 있는 그림을 곁들인 새로운 수필을 선보였다.
12) 윤재천 엮음, 『수필은…』, 문학관, 2016. 원고지 1매부터 5매 이내의 수필과 그림의 만남이다. 책을 펴면 글과 그림이 마주본다. 머리말에서 수필가와 소설가, 시인, 아동문학가, 희곡작가, 시조시인, 평론가들과 수필을 중심에 두고 전 장르의 문인이 손을 잡고 거대한 원을 그린 것이라고 하였다.
13) 『한국실험수필』은 2014년 3월에 창간하여, 2집(2015), 3집(2016), 4집(2018)을 발간하였다.

형으로 분류하였다.[14] 그만큼 현재 아포리즘 수필도 이미 연구 대상이 된 것이다.

맹난자는 『한국실험수필』 4집을 발간했을 때, 「'실험수필'을 위한 몇 가지 나의 제언」으로 특강을 하고 그것을 후에 『현대수필』에 실었다.[15] 수필이 변방문학 취급을 당하고 있는데 그것을 극복하기 위해 모색한 방안 몇 가지를 제시하였다. 그 중 하나로 아포리즘 수필과 장자莊子를 주목하라는 제언도 덧붙였다.

2014년에 창간한 『한국실험수필』 2집에 발표된 아포리즘 수필을 예로 들어보겠다. 노정숙의 「종」은 대한항공의 땅콩회항사건을 듣고, 조현아의 할아버지가 불국사에 걸어놓은 신종을 떠올린다. 종에 새긴 명문을 소개하고 종소리는 징징거리지만 그래도 아름다운 종이 되길 바란다는 내용이다. 종에 새긴 문장을 명문이라고 비꼬며 압축된 주제를 보여준다.

> '땅콩녀' 얘기를 들으니 땅콩보다 엄청 큰 종이 떠오른다./ 유신시절 그녀의 할아버지가 불국사에 걸어놓은 신종이다. 그 종에는 '박정희 대통령의 만수무강을 빕니다. 한진그룹 조중훈 올림'이라는 명문이 새겨 있었다. 에밀레종의 반의 반만하다는 종은 두께가 고르지 않아 내내 웅웅거렸다./ 종에 담은 거룩한 기원은 허공에 흩어지고, 명문은 영검을 발휘하지 못해 깎이어 없어졌다. 청명은 멀고 험하다.

---

14) 한상렬, 「한국 실험수필의 현주소」, 『한국실험수필』 3집, 한국실험수필작가회, 2016, 13~30쪽.
15) 맹난자, 「'실험수필'을 위한 몇 가지 나의 제언」, 『현대수필』, 2018, 겨울호. 59~69쪽.

(…) 징징징 오랫동안 예불시간을 알리고 있다./ 갸륵한 종, 영웅시대의 아름다운 유종有終이 되길.[16]

맹난자의 「홍시」는 감 서너 개를 창가에 두고, 감과 인생이 함께 익어감을 사유한다. 홍시 한 개의 완성 과정을 존재인식에 대비한 이 수필은 짧은 행간에 많은 의미를 담고 있다. 착상에서 결미의 주제 구현까지 밀도 있게 전개된 완성미가 독자를 긴장하게 한다. 늙음으로 가는 홍시의 여정을 마치 완숙의 글쓰기로 가는 과정에 빗대어 함축적인 주제로 보여준다.

얼룩진 푸른 빛깔은 물러나고 오롯이 완성된 붉은 하나의 홍시. (…)/ 산다는 것은 늙음으로 향하는 길, 늙는다는 것은 완성으로 가는 길일까?/ 그렇지만은 않은 것 같다. 내면의 떫은 것을 익혀내는 저 발열發熱과 인고忍苦의 시간. 홍시는 늙어서 그저 완성된 것이 아니었다./

"익었느냐?"/ 손등으로 수박을 두드리듯 누군가 내 안을 노크한다./ (…)

완성이란 시간의 변화가 아닌 영적靈的 변환變換인 것을./ 한 편의 글쓰기도, 인간의 품격도 이와 같은 것이 아닐까? 문득 그런 생각이 들었다./ 눈부신 존재의 발현發顯, 나는 지금 홍시와 대면하여 맑은 피

16) 노정숙, 「종」, 『한국실험수필』 2집, 한국실험수필작가회, 2015, 140쪽.

부에 아름다운 빛깔 하며 보드라운 속살 속에 지닌 깊디깊은 단맛을 완성하기까지 그들의 내밀內密한 변환의 과정을 더듬게 되는 것이다.[17]

아포리즘 수필을 포함하여 짧은 수필의 문제점을 염려하는 시각도 있다. "무의미한 언어의 나열이나 애매모호한 문장, 현학적 수사로 연결된 글은 문학성과 거리가 있다. (…) 적어도 문학작품이라면 완결된 구조를 이루고 있어야 하지 않을까 싶다. 기승전결, 아니면 서두, 본문, 결미의 3단계의 구조를 이루면서 통일된 주제를 지녀야 문학적 형상화가 가능할 일이겠다." [18]

여기에서 자유분방한 유형으로 장자를 들 수 있다. 작가의 의도를 숨긴 채 그것을 다른 사물에 비유하여 말하는 것을 우언寓言이라고 한다. 장자가 즐겨 사용한 글쓰기도 바로 그것이었다. 히포크라테스는 "인생은 짧고 예술은 길다"라 했지만, 장자는 "우리의 삶은 끝이 있지만, 알고 싶은 것은 끝이 없다吾生也有涯, 而知也无涯"[19]라는 묘한 말을 남겼다.

3. 무위자연에 대한 아포리즘

노장老莊사상의 대표적 인물 장자(B.C. 369~286)는 『사기』에 의하면, 양혜왕(재위 B.C.369~335) 시대 맹자와 동시대 인물로 아주

---

17) 맹난자, 「홍시」, 『한국실험수필』 2집, 한국실험수필작가회, 2015, 159.160쪽.
18) 한상렬, 「앞서가는 수필 쓰기의 출구전략」, 『수필문예』, 2017, 여름호.
19) 「양생주편(養生主篇)」.

박학하여 모르는 분야가 없을 정도라 하였다.[20] 그의 저술은 진대晉代의 곽상郭象이 정리한 33편(내편 7, 외편 15, 잡편 11), 241장이 지금 전하고 있다. 그 중 내편은 장자 자신의 저술이지만, 외편과 잡편은 장자의 문인 제자 또는 도가 학술을 신봉하는 이들이 의탁한 것이라 알려져 있다.

장자는 노자에 이어 도道를 천지 만물의 근본 원리라고 여기며, 무위자연無爲自然을 주창한다.[21] 즉, 도의 흐름에 따라 자연히 이끌리는 삶을 살아갈 때 인간은 고통과 혼란 없이 초연해질 수 있다고 보았다. 인간이 타고난 본성을 따르면 자유를 얻고 구속에서 벗어날 수 있다고 여겼다.

장자는 절대적인 자유를 추구하였다. 현상계의 유한성을 초월하게 하는 정신적 자유다. 천상병의 「귀천」처럼 인간 세상에 소풍 와서 소요하며 유유자적하는 것만으로도 삶은 충분하며, 사물과 내가 하나 되는 물아일체物我一體의 경지가 곧 행복이라는 것이다. 이것이 「소요유逍遙遊」의 요지이다.

장자는 모든 것이 존재적 측면에서 동일하며 평등하다는 의미로 도의 흐름 속에서 만물은 하나라는 것이다. 따라서 인간의 얄팍한 지혜로 무엇을 더하면 더 나아질 것이라 여기는 것도 편견이며 부당하다고 한다. 「제물론齊物論」의 취지이다. 전국시대에는 나라 간에 전쟁과 학파 간의 이론 경쟁이 치열한 시기였다. 특히 당시 공맹

---

20) 장주 찬/임동석 역주, 임동석중국사상100『장자』, 052. 동서문화사. 2009. 해제 참조.
21) 장자 저/김학주 역,『장자(莊子)』, 연암서가, 2010. 27~31쪽. 장자의 사상 참조.

의 유가들이 세속적 적극 참여파였다면, 장자는 도가적 적극 피세파의 일원으로 평화와 공존의 상황으로 바뀌도록 사자후를 터뜨린 것이다.

장자의 글쓰기는 우언寓言, 중언重言, 치언巵言으로 나누어볼 수 있다. 우언은 다른 사물에 빗대어 얘기하는 방식으로, 동식물을 등장시키는 우화이다. 중언은 세상 사람들이 중시하는 인물, 유명 인사를 등장시켜 말의 권위를 더한 것이고, 치언은 수돗물 흘려보내듯 있는 그대로 전하는 전령 역할을 하는 말이다. 이중 '아포리즘 수필' 기법에 가장 적합한 형식은 우언이다.

그의 우언은 짧은 서사성 스토리에 철학을 덧입혀 비유로 쓴 짧은 산문이며 아이러니와 위트가 넘치는 메시지가 강한 글이다. 이에 아포리즘의 잣대로 장자의 우언을 살펴보고자 한다.[22)]

1) 물오리의 다리가 짧다고 이를 길게 해주면 고통스러워할 것이며, 학의 다리가 길다고 이를 짧게 해주면 슬퍼하게 될 것이다. 그러므로 본성이 긴 것을 잘라서는 안 되며, 본래 짧은 것을 길게 해주어도 안 되며 이에 대해 겁내거나 근심할 필요도 없다. 是故鳧脛雖短 續之則憂. 鶴脛雖長, 斷之則悲。故性長 非所斷, 性短 非所續. 無所去憂也[23)]

---

22) 텍스트는 다음 2권으로 한다.
장자 저/김학주 역, 『장자(莊子)』, 연암서가, 2010.
莊周 撰/林東錫 譯註, 林東錫中國思想100『장자』, 052. 053. 동서문화사. 2009.

23) 「변무편(騈拇篇)」

이 우화는 자연과 사물의 특성을 두고 사람의 눈으로 보고 판단하여 작위를 가하는 것은 인간의 오만일 뿐임을 지적한 것이다. 거북은 허리가 없는 것이 정상이며, 개미는 허리가 가는 것이 정상이다. 자연 섭리대로 그렇게 되어 있는 것이다. 여기에 인위, 혹 작위를 가한다는 것은 전혀 맞지 않다.

"오리의 다리가 비록 짧지만 이어주면 슬퍼하고 학의 다리가 길지만 자르면 슬퍼한다"는 말은 때로『장자』선편을 관통하는 사언의 의미를 잘 표현한 대목으로 인용될 만큼 유명하다.

2) 나는 쓸모없기를 바라온 지가 오래되었다. 지금까지 여러 번의 죽을 고비를 넘겨 이제야 나의 쓸모없음을 큰 쓸모로 삼게 되었다. 만약 내가 쓸모가 있었다면 어찌 이처럼 크도록 그대로 있을 수 있겠는가?且予求無所可用久矣, 幾死, 乃今得之, 爲予大用。使予也而有用, 且得有此大也邪[24)]

장인匠人 석이 제齊나라에 갈 때, 곡원의 개인 묘에 심어진 굉장히 큰 상수리나무를 보았다. 둘레가 백 아름이나 되고, 구경하는 사람들이 저잣거리처럼 많은데, 장석은 쳐다보지도 않고 갔다. 장석의 제자는 실컷 나무를 보고서 장석에게 말했다. 제가 도끼를 잡은 이래로 이토록 훌륭한 재목은 처음 보는데, 선생님은 왜 안 보십니까?

---

24)「인간세편(人間世篇)」.

그 나무는 재목으로 쓸 수 없는 나무라서 그렇게 장수를 누릴 수 있다고 했다. 장석의 꿈에 상수리나무가 나타나서 말했다. 그대는 나를 좋은 나무에 비교하는가? 배나무 등은 과실이 익으면 잡아뜯기고, 가지는 찢겨진다. 그것은 그 잘난 능력으로 자신의 삶을 괴롭히는 것이다. 그래서 요절하듯이, 모든 사물도 그렇다고 말한다.

이 우화는 '쓸모없는 것의 쓸모있음'을 보여주고 있다. 세상 살아나가는데 쓸 데 없는 것, 또는 능력 없는 것이 오히려 세상으로부터 괴로움을 당하지 않고 자기 삶을 잘 보전할 수 있다는 것을 알게 한다. "무재주가 상팔자" 이것이 곧 무용지용無用之用이다.

4. 처세에 대한 아포리즘

1) 당신이 그의 치질이라도 고쳐주었단 말이오? 어떻게 그렇게 많은 수레를 받았소? 당신은 어서 물러가시오!子豈治其痔邪？ 何得車之多也？ 子行矣！[25]

송宋나라 조상曹商이란 사람이 임금을 위하여 진秦나라에 사신으로 갔다. 그가 떠날 때 수레 몇 채가 주어졌는데, 돌아올 때 진나라 임금은 그를 크게 대접하여 수레 백 대를 더 주었다. 그가 돌아와 장자를 만났다.

"옹색한 골목의 궁한 집에 살면서, 곤궁하여 짚신이나 만들고, 깡

---

25)「열어구편(列禦寇篇)」

마르고도 부황이 난 얼굴을 하고 지내는 것은 저로서는 못할 일입니다. 단번에 만승의 천자를 깨우치고 백 채의 수레를 뒤따르게 하는 일은 제가 잘하는 일입니다."

그러자 장자는 "진나라 임금이 병이 나서 의원을 불렀소. 종기를 째고 고름을 짜주는 자에게는 수레 한 채를, 고름을 빠는 자에게는 수레 다섯 채, 치료하는 방법이 천할수록 그에게 내리는 수레는 더욱 많았소"라고 일러주었다.

조상이 이룬 공이란 비천한 것, 즉 "수레를 백 대나 받았으니, 어찌 그렇게도 치질을 잘도 빨았느냐"는 혹독한 야유와 조롱이다. 심할 정도이지만 거침없는 비아냥거림은 장자의 특장特長이다.

2) 장자는 집이 가난하여 감하후에게 곡식을 꾸러갔다. 감하후가 말하였다.

"그럽시다. 내가 영지의 세금을 거둬들인 다음, 선생에게 삼백 금을 빌려 드리도록 하겠습니다. 괜찮겠습니까?"莊周家貧. 故往貸粟於監河侯. 監河侯曰; 諾。我將得邑金, 將貸子三百金, 可乎 ? [26)]

이 대답에 이어진 장자의 번뜩이는 우화를 보자.

"내가 어제 여기 오는 길에 수레바퀴 자국 속에 갇혀 있는 붕어가 나를 부르더군요. 무슨 일이냐고 묻자, '나는 동해 용왕의 신하인데,

---

26)「외물편(外物篇)」.

당장 목이 말라 죽을 지경이니 물 한 되만 구해 부어주시오'라고 하더이다. 그래서 나는 '내 지금 오나라, 월나라 임금을 만나러 가는 길인데 돌아오는 길에 서강의 물줄기를 끌어다 그대에게 대어주리라'고 했지요. 그랬더니 붕어가 대뜸, '나는 지금 죽어가고 있소. 당장 물 한 되만 있으면 되는데, 뭐 나중에 그 많은 물이 무슨 소용이란 말이오. 그대는 내일 건어물가게나 가서 나를 찾으시오"라고 하더이다.

아무리 크고 대단한 도움이라도 때를 놓치면 소용이 없다는 우화다. 수레바퀴의 자국에서 숨을 헐떡이는 붕어에게는 한 바가지의 물이 급하다. 모든 일은 적절한 때와 경우가 맞아야 한다.

5. 어리석음에 대한 아포리즘

1) 장자가 놀랐다. "아! 사물이란 본시 서로 얽혀 있어 이익과 손해를 서로 불러들이는 것이로구나!"莊周怵然曰：噫！物固相累，二類相召也![27]

이익과 재앙이란 한몸인 예를 보자. 장자가 조릉雕陵이라는 숲에 노닐 때 이상한 까치 한 마리가 날아오는 것을 보았다. 까치는 장자의 이마를 스치더니 밤나무에 날아가 앉았다. 장자는 가까이 다가가 활을 쏘아 잡으려 하였다. 그런데 까치는 나무에 붙어 있는 사마

27) 「산목편(山木篇)」.

귀를 노리고 있었고, 그 사마귀는 나무 그늘에서 신나게 울고 있는 매미를 노리고 있었다.

사마귀도 까치도 먹이에 마음을 빼앗긴 나머지 자기 몸이 위험에 빠져 있는 것을 모르고 있었다. 먹이를 노리는 것이 또 먹이가 된단 말인가? 이익을 좇는 자는 화를 부르는구나! 이에 장자는 활과 화살을 버리고 급히 밤나무 숲을 빠져 나왔다. 그런데 그곳 농장지기는 장자가 밤을 훔쳐 달아나는 줄로 알고 쫓아와 냅다 욕을 퍼붓는 것이다.

2) 매미와 작은 새가 그것(대붕)을 보고 웃으며 말하였다.

"우리는 펄쩍 날아 느릅나무나 가지에 올라가 머문다. 때로는 거기에도 이르지 못하고 땅에 떨어지는 수도 있다. 무엇 때문에 구만리나 높이 올라 남극까지 가는가?"蜩與學鳩笑之曰: 我決起而飛 搶楡枋 時則不至, 而控於地而已矣. 奚以之九萬里而南爲?[28]

대붕의 비상 이야기를 듣고 매미와 작은 새가 비웃으며 말한 것이다. 북쪽 바다에 곤鯤이라는 거대한 물고기가 살았다. 곤이 거대한 붕鵬이라는 새로 변신하였다. 붕이 날아오르면 그 날개는 하늘에 드리운 구름과 같았다. 붕은 태풍이 바다 위로 불면 비로소 남극의 바다로 날아갈 수 있다. 대붕이 남극 바다로 이동할 때 물을 쳐서

28)「소요유편(逍遙遊篇)」

삼천 리나 튀게 하고, 회오리바람을 타고 구만 리나 올라가며, 남쪽으로 육 개월을 날아가야 쉰다고 하였다.

이 우화는 "뱁새가 황새의 뜻을 어찌 알랴!"는 속담을 떠올리게 한다. 자기의 견해로 상대를 평가하는 잘못을 경계하는 글이다. 장자는 "아침에 돋아나 저녁에 스러지는 버섯은 새벽과 심야의 경치를 모르게 마련이고, 봄에 나서 여름에 죽는 매미는 초봄과 늦가을의 풍경을 모를 수밖에 없다"라고 하였다.

6. 맺는말

『장자』의 글은 우화의 보고이다. 인격화한 동식물이나 사물이 현실에서 일어날 만한 것을 상상력으로 꾸며낸 이야기는 글쓰기 표현 기법에서 가성비가 매우 높다. '지리소'라는 장애인, '도척'이라는 도둑 외에 초나라 왕, 혜시, 공자 등 유명 인사도 등장한다. 그의 글쓰기에 소재가 되기만 하면 그 어느 것도 우화의 대상에서 벗어날 수 없었다고 사마천은 지적했다. 온갖 자연물은 물론 무생물, 하찮은 곤충 등은 그로 하여금 끝 간 데가 없는 상상력을 불러일으켰다.

「소요유」 첫 장면은 거대한 SF 영화의 한 장면처럼 시작된다. 어마어마한 물고기 '곤'이 수평선을 가득 채우면서 바다 위에 모습을 드러내더니, 어느 순간 '붕'이라는 새로 변해 날개를 편다. 하늘을 덮는 구름 같다. 붕은 단번에 구만 리를 치솟아 여섯 달을 쉬지 않고, 날아가는 힘을 가진 새이다. 현대판 영화감독이나 제작자도 미치지 못할 상상력이다.

기이한 상상력은 지쳐 있는 우리 가슴에 '이러한 세계도 있을 수 있구나' 하고 우리에게 새로운 기운을 강력하게 불어넣어준다. 이는 현재 지친 우리들에게 새로운 치유, 힐링의 한 방법이 될 수 있다. 위안을 받을 수 있는 사이버공간을 이미 2000년 전에 장자가 마련해준 셈이다. 자신을 초월하는 기적이 일어날 수도 있다는 생각을 할 수 있다. 상처 입은 초라한 내가 정말 나일까? 사실은 더 자유롭고 능력이 있는 존재라는 걸 알지 못하고 사는 것은 아닐까?

장자의 「소요유」는 앞으로 펼쳐질 사유의 여정을 보여주는 일종의 가이드라인이다. 사람 사는 세상을 달팽이 뿔 위에서 다투는 것蝸角之爭처럼 한없이 좁게 본 그의 가슴은, 나를 우화羽化하여 저 높은 하늘 위에서 이 땅 사람들을 내려다보는, 시원한 '또 다른 나'를 만들어낸다. 그것이 곧 장자가 나이며, 내가 장자일 수 있는 호접몽胡蝶夢의 즐거움이요. 좌망坐忘의 깨달음일 것이다.

수필이 체험의 문학이라고 하여 상상적 기법 없이 정직하게 사실 그대로 써온 경우가 많았다. 그동안 수필의 상상력은 거의 자신의 기억을 바탕으로 한 과거의 사건을 마음속에 떠올려 현시점에서 재구성하는 것이었다.

장자에 펼쳐진 호방한 그의 담력과 기이한 발상, 기세 넘치는 필력과 타이밍을 놓치지 않는 조소嘲笑의 언어. 그리고 허虛를 찌르는 기상천외한 비유는 그의 많은 우화에 너무나 잘 나타나 있다. 그는 지금 우리가 경험하는 현대판 사이버 세계를 이미 설정하고 있었는지도 모른다. 이처럼 그의 글은 텍스트에서 행간을 읽는 재미와 함께 고황의 일침一針으로써, 우리에게 우주 밖의 어떤 세계를 설정하게 한다. 그래서 사이버시대에 우리에게 무한소재를 제공해주는 수원지가 바로 장자의 우화가 아닐까.

요즈음 젊은이들의 글 읽기는, '두 문장 이상이면 읽지 않는다, 세 문장 이상이면 책을 덮는다, 중학교 2학년 국어책 어휘를 넘어서면 이해를 하지 못한다.'라고도 한다. 이러한 시대에 혹 만연체 문장이나, 자신의 넋두리나 풀어놓는다면 수필이 되겠는가? 물론 누구에게 맞추어 아부하라는 것은 아니다. 그러나 적어도 뭔가 새로운 시도가 없다면 이제 수필이라는 글은 자신 한 사람만의 독자를 가진 안타까운 장르가 되고 말 것이다. 그렇다면 여러 대안 중 아포리즘 수필도 이 시대를 넘어 장래 우리가 가야 할 새로운 하나의 대안이 되지 않을까?

이에 시공을 초월한 장자의 글쓰기 방법은 우리가 꿈꾸는 멋진 아포리즘 수필세계와 연결시킬 수 있을 것이다.

니체가 사랑한 루 살로메

지금까지는 서로 소통하고 즐겁기 위해 만났으나, 이제는 서로 행복하기 위해 거리를 둔다. '코로나19' 이후 가장 큰 변화가 인간과 인간의 대면문화가 비대면, 원격, 디지털화로 바뀐 것이다. 나도 인문학에 대한 갈증을 인문학 원격강의를 들으며 해소한다.

Y교수의 '니체' 강의 중 유독 마지막 강의가 마음에 남았다. 교수는 니체의 죽음에 대해 이야기했다. 1889년에 "니체가 아침에 숙소에서 나오다가 알베르토 광장에서 마부가 말을 채찍질하는 것을 보고, 달려가 말의 목을 껴안고 울다가 졸도한다. 그 후로 니체는 죽을 때까지 정신병을 앓았다"는 내용이다. 이미 1888년에 니체가 쓴 자서전 『이 사람을 보라』 목차를 보더라도, '나는 왜 이렇게 똑똑한가,' '나는 왜 이렇게 좋은 책들을 쓰는가' 등을 거론하며 불행의 징조가 보였다고 한다. 가까운 도서관에서 니체에 대한 책 몇 권을 빌렸다. 니체가 살로메를 만나자마자 사랑에 빠져 청혼하는 이야기는 나이가 들어도 흥미진진하다.

니체는 독일 작센에서 목사의 아들로 태어났다. 다섯 살 때 아버지를 잃고 어머니와 여동생, 할머니, 고모 등 여자들만 있는 환경 속에서 섬세한 성격으로 자랐다. 그의 사상에 줄곧 나타나는 강인함, 남성다움에 대한 동경은 불편했던 어린 시절에서 비롯된 듯싶다. 열네 살 때는 유명한 슐포르타 학교에 장학생으로 들어가서 성적은 뛰어나게 올렸지만, 사교성은 부족한 학생이었던 것 같다.

그는 본 대학 신학과(1864)에 입학했지만, 유명한 문헌학자 리츨 F. W. Ritschl을 따라 라이프치히대학으로 옮겨간다. 그 후 쇼펜하우어의 사상에 매료되고, 음악가 바그너도 만난다(1813~1883). 두 사람은 쇼펜하우어 사상에 열광한다는 점에 깊이 공감한 것으로 보였다. 스승 리츨의 추천을 받아 스물다섯(1869)에 파격적으로 스위스 바젤대학의 문헌학 교수가 되었다. 니체는 평범한 대학교수가 말년에 이룰 업적들을 20대 중반에 거의 이루어놓았다. 1870년 보불전쟁 때 위생병으로 지원했다가 전염병에 걸려 두 달 만에 제대했다. 그 뒤부터 건강이 악화되어 서른다섯에 교수직을 그만두고 여러 곳으로 요양을 다니며 저술 활동에 몰두했다.

루 살로메Lou Andreas Salomé(1861~1937)는 러시아에서 장군의 5남 1녀 중 막내로 태어났다. 다섯 오빠의 귀여움을 독차지하며 고집센 아이로 자랐다. 살로메의 스승이자 친구인 프로이트는, 이 시기에 오빠들의 지나친 관심과 애정으로 어린 소녀를 '공유'했기 때문에, 후일 살로메가 남성들과의 일 대 일 관계에서 어려움을 겪게 되었다고 분석했다.

페테르부르크에서는 유명한 목회자인 길로트 목사에게 견진성사를 위해 성서 강독을 받으며, 그를 존경하고 사랑했다. 길로트는 살로메가 원하는 대로 해박한 지식을 전수하는 과정의 스킨십을 성숙한 여인으로 오해하였다. 43세인 목사 길로트가 18세의 살로메에게 빠져 부인과 이혼을 준비하고 사랑을 고백하자 그녀는 거절했다.

살로메는 스위스로 가기로 했다. 당시 여성을 받아주는 소수 대학 중 하나인 스위스 취리히대학에 진학하여 종교와 철학을 전공하였다. 미술사 교수인 혁명가 킹켈이 그녀의 재능을 간파하고, 로마의 말비다 폰 마이센부르크 남작부인을 소개했다. 살로메는 1882년 건강악화로 요양차 로마로 가서 말비다를 통해 인맥을 쌓아갔다. 로마에서 니체, 릴케, 프로이트 등의 천재들과 정신적 교감을 나누고 영혼의 동반자가 될 수 있는 여성으로 매력을 발산했다. 당대 지성인들은 그녀로부터 창조적인 영감을 얻었다.

살로메에 관한 이야기를 1882년 3월에 '파울 레'가 친구인 니체에게 알려주고, 4월에는 그를 소개까지 하였다. 38세의 니체는 21세의 살로메를 로마 성 베드로성당에서 처음 만나 이렇게 말한다.

"우린 어느 별들에서 떨어져 여기에서 만난 걸까요?"

전혀 결혼을 생각지 않던 니체는 살로메에게 반해, 며칠 뒤 파울레를 통하여 청혼 의사를 밝힌다. 살로메는 니체의 청혼을 거절한다. 그때는 파울 레도 살로메에게 청혼을 한 상태였다. 니체가 여성과의 교제가 서툴다는 것을 알 수 있었다. 만난 지 며칠 만에 청혼을 한 것도 그렇고, 이미 살로메를 좋아하는 파울 레에게 청혼을 부탁한 사실만 봐도 알 수 있다.

니체가 살로메에게 반해 청혼할 때, 그녀가 남성에 대해 심각한 문제가 있다는 것을 니체는 생각지도 못했다. 살로메가 성서 강독을 받았던 목사 길로트가 "자신을 성적인 관계로 묶어두려는 시도"에 화가 나서 남자에 대해, 특히 남자와의 성적인 관계에 대해 부정적이었던 시기라서 그 청혼들을 모두 거절한 것이다.

이때 살로메는 파울 레에게 니체와 함께 공동생활을 하며 공부하자고 제의한다. 그래서 지적 삼위일체의 공동생활, 서로 간섭하지 않는 3인의 기묘한 동거가 시작되었다.

5월에 살로메는 로마에서 러시아까지 함께 여행하자고, 제안을 하자 두 남자는 당연히 동의한다. 세 사람이 그 여행을 마무리하지는 못했지만 루체른에 도착해서, 니체가 연출한 구도의 사진을 찍었다. 사진 속에서 살로메는 채찍을 들고 마차 안에 서 있고, 니체와 레는 그녀 앞, 말들이 있어야 할 자리에 서 있다. 살로메는 사진에서처럼 평생을 남자들 위에 군림하며 산 듯하다.

살로메의 열정적인 추진으로 3인의 동거는 한 달간 지속되었다. 니체는 한번 더 용기를 내어 고백한다. 살로메가 자신의 철학을 이해할 만한 유일한 사람이라고 믿었기 때문에, 그러나 그녀는 이번에도 니체를 거절한다.

살로메는 니체, 레에 이어 자살 소동을 벌이며 청혼한 문헌학자

안드레아스와 결혼은 했지만, 냉정할 정도로 육체적 접촉은 피했다. 살로메는 작가, 평론가, 심리학자로 활동하던 당대의 지식인이었다. 미와 지성을 겸비한 매력적인 여성 루 살로메. 그녀는 결국 그 누구의 소유도 아닌 자유로운 영혼으로 살고자 했던 것이 아닐까.

세 사람은 겨울이 되어 따뜻한 파리로 옮기기로 하고, 먼저 챙길 것이 있다며 루 살로메와 파울 레는 떠났다. 니체는 목이 빠지게 기다리다가 두 사람에게 배신당했다는 것을 깨달았다. 얼마 후 두 사람이 베를린에서 동거하고 있다는 사실을 전해듣고 그는 절망에 빠졌다. 또 한번의 배신감이 안겨준 충격은 매일 죽음과 같은 통증을 견뎌내는 그의 강한 정신을 완전히 무너뜨렸다. 니체는 거의 미칠 것 같았다.

니체가 다른 여자에게는 한번도 품어본 적이 없는 열렬한 사랑을 살로메에게 바쳤는데, 그녀가 친구를 선택하고 말없이 가버렸다는 것에 크게 상처를 받았다. 그는 살로메와 레에게 편지를 보냈다. 설사 내가 격한 감정을 못이겨 자살하더라도 걱정하지 말고, 단지 고독에 빠져 거의 반미치광이가 된 것은 명심하라고.

하지만 니체는 실연과 고독의 고통을 창작으로 승화시켰다. 『차라투스트라는 이렇게 말했다』는 니체가 살로메와의 관계가 완전히 끝난 후, 단시간에 집중하여 폭풍 집필했다고 알려진 역작이다.

다시 니체의 죽음을 생각한다. 말을 끌어안고 쓰러진 후, 니체는 정신적으로 완전히 무너진 상태로 11년을 살다가 생을 마쳤다. 죽을 때까지 그토록 광기에 가까운 살로메에 대한 사랑은 간직됐을까. 그것이 왜 그렇게 궁금한가.

그래도 사랑에 서툰 철학자, 니체에게 일어난 순결한 사랑의 열병이 마음을 애잔하게 한다.

니체 철학 쉽게 이해하기

요즈음 나는 독일의 철학자 니체에 푹 빠져 있다. 그동안은 장자에 심취했었는데, 니체가 '서양의 장자'라 불려서 관심을 더 갖게 되었다. 니체는 또 다른 매력으로 나를 흔들었다. 그의 철학사상을 공부하다 보니, 이해하기 쉽게 수필 식으로 풀어 써서 함께 이야기를 나누고 싶었다. 그의 대표작인 『차라투스트라는 이렇게 말했다』에서 "신은 죽었다"라고 한 것과 함께 그의 사상을 6개의 핵심어로 나누어 풀이해보았다.

신은 죽었다, 영원회귀永遠回歸, 초인超人, Übermensch, 권력(힘)에의 의지, 세 단계 변신, 네 운명을 사랑하라Amor fati. 이것을 니체 글쓰기의 특징인 아포리즘 식으로 간결하게 표현했다.

니체는 실존철학의 선구자이다. 흔히 '망치를 든 철학자'로 불린다. 사유의 망치를 들고 인간의 자유롭고 창조적인 삶을 억압하는 모든 가치를 거침없이 해체하고 파괴하려 했던 사상가이다.

1. 신의 죽음

니체가 살았던 19세기 유럽인의 삶은 2000년 가까이 신이라는 절대가치의 영향력 아래 살았다. 신은 인간을 죽음과 고통에서 구해 줄 수 있는 절대자였다. 신화의 시대에서 19세기, 과학의 시대에 많은 사람은 신의 존재에 대해서 의문을 품고 흔들렸다. 그때 니체가 "신은 죽었다"고 파격선언을 한다.

산업의 발달과 진화론, 과학이 발달하여 신을 죽인 것이다. 신의 죽음이란 세상을 지배하던 절대가치가 없다는 선언으로, 이것은 사람들에게 큰 충격을 주었다. 인간은 어떻게 살아야 하는지에 대한 기준도 희망도 갑자기 없어지게 되었다. 그 결과 사람들은 허무주의에 빠지게 되었다.

신의 죽음은 세상에 충격을 주었지만 다른 한편으로는 새로운 가능성이 되기도 한다. 신이 죽은 세상을 살아가는 최고의 방법은 내가 신이 되는 것이다. 그 전에는 삶의 의미를 하늘에서 찾았다면 이제는 삶의 의미를 내가 사는 실재 세상에서 찾는 것이다. 지금까지 신을 위해 살아왔다면, 이제는 나를 위하여 살 수 있으므로 신의 죽음은 공포인 동시에 새로운 기회다.

여기서 신은 예수 그리스도라는 특정의 신을 지칭하는 것이 아니다. 더구나 니체가 그리스도교의 순수한 사랑의 정신을 부정하는 것이 아니다. 그리스도교의 형이상학, 초월적 가치, 내세, 절대 선, 도덕 규범과 같이 그동안 인류가 떠받들어온 진리와 가치체계를 부정한 것이다. 개인을 억압하는 모든 절대이념을 가리킨다. 진화론의 등장과 과학의 발달에 따라 신이 인간에게 부여하는 절대가치가 땅에 떨어지고 있었다.

2. 영원회귀

신이 죽은 세상에서 허무주의를 어떻게 극복해야 할까? 니체는 먼저 영원회귀永遠回歸를 인정하고 삶을 사랑하라고 한다. 세상은 매일 쳇바퀴 도는 하루의 반복이다. 그 말은 세상 만물이니 인간의 삶도 똑같은 것이 영원히 반복된다는 것이 니체의 영원회귀사상이다. 그래서 인간은 지금까지 살아온 삶을 앞으로도 계속 반복해서 살아야 한다는 것이다.

인간의 삶을 무겁게 하여 날지 못하게 하는 것이 중력의 악령이다. 중력은 사물을 땅으로 떨어뜨리는 힘이다. 우리가 살아가면서 짊어지고 가는 여러 가지 삶의 무게들이 중력의 악령이다. 세상의 가치와 도덕, 거기에 끊임없는 욕망은 더욱 삶을 힘들게 한다.

차라투스트라는 우리에게 중력의 무게 중에 가장 무거운 영원회귀라는 무거운 짐을 덜어낼 수 있는 힌트를 주었다. 영원회귀라는 지독한 허무주의의 삶을 극복하는 열쇠는 바로 이 '순간'이라고. 지금, 이 순간을 긍정하고 알차게 사는 것이 극복 방법이다. 인생 최고의 순간은 과거도 미래도 아니고, 바로 지금 이 순간이다. 인생은 순간이 모여서 만들어진 것이다.

따라서 현재에 충실하게 살아, 다시 살아도 괜찮을 인생을 만들

자. 평소에 "너의 삶이 다시 살기를 원할 수 있을 정도로 살아서" 생이 영원히 반복되더라도 그것이 삶이었는가? 좋다! 한번 더!라고 말할 수 있게 자신의 삶을 치열하게 사랑하라고 말한다.

영원회귀를 인정했다면, 이 쳇바퀴 같은 세상에서 나는 무엇을 위해서, 무엇을 향해 살아가야 할까? 니체는 절대적 가치 대신 '나 자신에 주목하라'고 이야기한다. 절대적 진리가 없다는 말은 모든 것이 허용되는 세상이라는 것이다. 나 자신만을 믿고 내가 향하는 대로 가면 나도 모르게 자아를 만들어내고, 내 삶의 예술가가 되는 것이다.

3. **초인超人**, Übermensch

신이 죽고 난 뒤 인간은 더 이상 신에 의지할 수가 없다. 따라서 인간 스스로 신이 되고 주인이 되어야 한다. 신 대신 새로운 존재로 등장한 것이 바로 초인超人이다. 초월적인 존재나 초능력자가 아니라 기존의 모든 것을 '넘어선 사람'이란 뜻이다.

위버멘쉬는 새로운 신이 아니라, 인간이 이 지상에서 구현해야 할 이상적 인간 유형이다. 자신의 힘에 의지에 매 순간 자기 극복을 하는 사람이 위버멘쉬이다. 이제 인간은 자기 삶의 의미를, 자기 삶의 과정을 자신의 의지에 의해 스스로 창조해간다.

니체는 인간을 '초인'과 '최후의 인간the last man' 두 부류로 나눈다. 최후의 인간은 기존의 가치를 믿고, 주어진 상황에 만족하는 사람이다. 이들은 진취적이고 창의적 사고 없이 기존의 가치규범에 예속되어 산다. 남들이 대학 가니까 대학 가고, 남들이 좋다고 하니 따라 한다. 현대사회 대다수가 이 부류에 속한다.

이에 반해 초인은 기존의 가치를 넘어 자신의 가치를 창조하는 사람이다. 위험과 고난을 기꺼이 받아들이고 스스로 이를 극복하기 위하여 노력하는 사람이다. 니체가 말하는 "고난을 견디는 것에 그치지 않고, 고난을 사랑하는 사람이며, 고난에 얼마든지 다시 찾아올 것을 촉구하는 사람"이다.

4. 권력(힘)에의 의지

나는 어디로, 어떻게 향하는가? 니체의 이 '권력(힘)에의 의지'란 현재의 것을 극복하고 그것을 능가하는 다른 것을 성취하고자 하는 의지다. 우리는 권력을 부정적으로 인식하지만, 니체의 철학에서 권력은 부정적인 것이 아니다.

이 힘은 상승하고 강해지려는 의지이며 저항을 극복하려는 긍정적인 의지를 말한다. 좋은 대학을 가려는 것, 많은 돈을 벌려는 것의 본질도 '권력(힘)에의 의지'이다. 결국, 세상의 모든 것은 힘과 연결된다고 보는 것이다. 니체가 말하는 힘에는 단순히 물리적인 힘 이외에 동물적인 힘, 법률의 힘, 순진함의 힘, 가치의 힘, 관념적인 진리의 힘 등 여러 가지가 있다.

5. 인간 정신의 3단계 변신

이렇게 초인으로 자신이 살기 위해선 인간 정신의 3단계 변신이 필요한데, 그것이 바로 낙타, 사자, 어린아이의 단계다. 인간 정신의 목표는 복종하는 낙타에서 자유를 획득하는 사자로 변하고, 마침내 창조하는 어린아이가 되는 것이다. 어린아이의 정신이 바로 초인의 정신이다.

낙타는 강인한 정신을 가졌지만 스스로 판단을 못하고 자유롭지 못하다. 명령에 복종하면, 적당한 음식과 적절한 휴식과 외부로부터 보호를 받는다. 그래서 낙타는 복종하는 삶을 기꺼이 선택한다. 자신의 가치를 만들지 못하고 사회의 가치에 의존하는 사람들은 아이고 어른이고 모두 낙타로 사는 것이다.

복종하는 낙타도 어느 순간 자신의 삶을 의심하는 순간을 갖는다. 이렇게 사는 삶이 정말 최선일까? 단단했던 낙타의 정신이 복종하는 정신에서 자유를 요구하는 정신으로 변하기 시작한다. 사자는 자신이 판단하고 자신을 위해서 행동한다. 예스Yes만 하는 정신이 낙타라면 노No라고도 할 수 있는 정신이 사자이다. 사자의 정신인 '나는 원한다'라는 자유를 획득하는 변신의 과정은 외롭고 두렵다.

자유를 획득한 사자가 가치 창조를 위해 한번 더 변신을 시도한다. 인간 정신의 최종 목표는 자신의 가치를 창조할 수 있는 어린아이의 정신이 되는 것이다. 어린아이는 순진하여 말과 행동에 꾸밈이 없고, 모든 것을 새롭게 바라보기 때문이다. 강요하는 가치, 도덕 이런 것들보다 보이는 그대로, 느끼는 그대로가 그들의 가치이고 세상이다. 어린아이들에게 세상은 정해진 것이 아무것도 없는 것이기 때문에 무엇이든 창조할 수 있다.

이처럼 초인은 낙타에서 사자로, 그리고 어린아이로 이어지는 극복의 과정이 필요하다. 이런 진화 과정에서 스스로 도약하기 위한 노력이 필요하다. 그래서 초인에 이르는 과정은 힘겹고 어렵긴 하지만 인간은 누구나 초인이 될 힘의 의지가 있다.

6. 아모르 파티Amor fati

자신의 고통스러운 삶을 피할 것이 아니라 고통스러운 삶 속에서도 자신의 운명을 긍정하고, 자신의 삶에 의미를 부여하는 가치의 창조자가 되어야 한다고 강조한다. 바로 Amor Fati, 즉 피할 수 없는 운명을 사랑하는 것이다. 인간은 자신의 삶에 나타난 모든 과정을 그저 견디는 데 그칠 것이 아니라, 한 걸음 더 나아가 그것을 사랑해야 한다. 자기에게 주어진 조건들을 사랑하고 최선을 다하라는 의미이다.

다시 처음으로 가보자. 우리가 열심히 살고 있지만, 누구나 허무할 때가 있다. 그렇다면 허무주의가 일상이 되어버린 우리는 무엇을 잃어버렸는가, "신의 죽음"이다. 19세기, 과학의 시대가 신을 죽인 것이다

니체가 신이 죽었다고 말한 것에는 여러 이유가 있을 것이다. 니체는 사람들이 "이곳에서 지금"을 살지 않고, "저곳에서 나중"을 사는 것을 보았기 때문이 아닐까.

사람들은 살아 숨쉬는 "이곳과 지금"에서 삶의 의미를 찾지 않고, 죽고 난 뒤의 "나중과 그곳"에서만 삶의 의미를 찾기 때문에, 정작 살아 숨쉬지만 죽은 것과 같고 살아 있지만 삶의 주인이 되지 못한다고 생각했을 것이다. 그래서 니체는 삶의 주인이 되라고, 운명의 주인이 되라고 한 것이 아닐까 생각한다. 이제는 신에게 의지하지 말고 신의 탓만 하지 말고, 자기 삶의 주인이 되라고 운명의 주인이 되라고, 운명을 사랑하라고 말한다. 그런 마음가짐으로 니체는 네 운명을 사랑하라amor fati고 말했다.

왜 사는 걸까라는 허무에 빠지지 말고 생존에 더 강한 본능으로 자신의 삶에 의미를 부여하고, 운명을 사랑하여 더 뜨겁게 인생을 살아보자. 비록 니체가 "신은 죽었다"고 했지만, 나의 신은 여전히 나의 가슴속에 살아 있고 니체도 여전히 좋아한다.

제5부
간절함의 온도

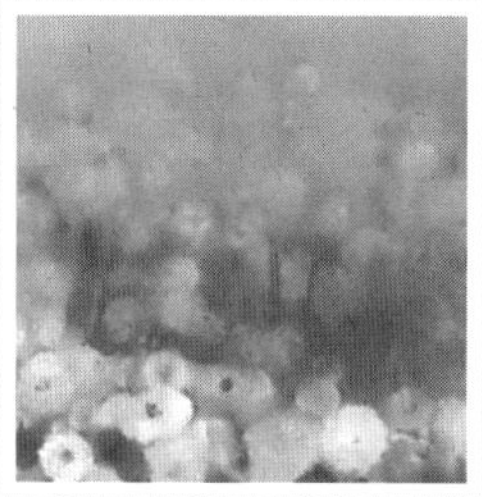

물향기 수목원에서

S대 평생교육원 수필반의 야외탐방 날이 하필 대입 수능날인 11월 14일이었다. 교통이 복잡하고 그 전날 비와 눈도 내려서 꼭 가야 하나 마음을 졸였다. 기상캐스터는 날씨는 맑은데 온도가 뚝 떨어진다고 하였다. 나는 오산대역 앞의 '물향기 수목원' 탐방을 예정대로 하니, 옷을 따뜻하게 입고 나오라고 공지를 띄웠다.

다음날 일찍 출발하여 오산대역에 도착했다. 수목원에 도착하여 만경원이라는 담쟁이덩굴 터널을 통과하자 방문자 센터가 나왔다. 물향기 수목원은 부지 가운데 있는 개천에서 향기가 난다고 하여 붙여진 이름이었다. 숲해설사를 따라나서니, 늦가을 영하의 추운 날씨에도 색색의 꽃들과 초록색 자연이 잠시 동화나라에 온 듯했다. 날씨도 비 온 뒤라서 그런지 깨끗한 찬 공기로 머리가 맑아지는 듯했다.

해설사는 키가 큰 나무 앞에 멈춰, 이 나무가 무슨 나무인지 아느냐고 물었다. 현사시나무로 고故 현신규 박사가 사시나무 떨듯 한다는 수원 사시나무와 유럽산 은백양을 인공 교배하여 만든 품종이다. 그 공로로 그의 성씨를 따서 현사시나무, 또는 은사시나무라 부른다고 했다.

훤칠하게 서 있는 세 그루의 현사시나무 가지 방향도 보라고 했다. 고개를 들어보니 세 그루의 가지가 뻗어나간 방향이 달랐다. 가운데 나무는 가운데로, 왼쪽 나무는 왼쪽으로 오른쪽 나무는 오른쪽으로 가지가 뻗어 있었다. 나무의 가지는 서로 겹치지 않게 뻗어나갔지만, 뿌리는 서로 엉켜서 하나가 되어, 어떤 바람에도 쓰러지지 않는다고 했다. 서로에게 피해를 주지 않고 함께 살아가는 자연의 오묘함에 저절로 고개가 끄덕여졌다.

그는 눈이 부시게 푸르른 하늘을 향해 곧게 뻗었고, 가지는 두 팔을 벌려 기지개를 켜듯 시원하다. 서늘한 것을 좋아하는 사시나무는 햇볕 때문에 올라간 나무줄기의 열을 내리기 위해 이파리를 마구 흔드는 것이라고 나뭇잎이 전한다. 살아남으려고 달궈진 몸을 식히기 위해 바람이 불지 않아도 스스로 잎을 떠는 것이다. 무서워서 떠는 것이 아니라 오래된 생존전략이라고 속삭이는 작은 이파리에게 엄지척을 해줬다.

나무 꼭대기의 까치집을 가리키며 또 질문을 했다.

"까치집은 날씨가 좋은 날과 바람 부는 날 중 언제 지을까요?"

까치는 바람이 심하게 부는 날 둥지를 짓는다는데, 이유가 바람에도 견디는 튼튼한 집을 짓기 위해서라고 했다. 그 사실에 모두 감탄을 했다. 그때 작은 농장을 두 군데나 경영하는 청대님이 한마디

거들었다.

"까치가 집을 지을 때 처음부터 끝까지 한꺼번에 짓지 않는 것 아시죠?"

이구동성으로 모른다며 청대님 쪽을 쳐다보았다. 그것도 모르느냐는 듯이 씩 웃으며 설명을 했다. 수컷이 기초 작업을 하여 예비 둥우리를 마련하고, 나중에 짝꿍을 만나 함께 둥우리를 완성한다는 것이다.

까치가 어찌 이리 사람과 닮았을까. 신혼부부들이 요즘은 집값이 너무 비싸 예비부부가 대개 반반 준비를 한다는데, 까치도 암수가 같이 나뭇가지를 물어다가 둥우리를 40일 정도 함께 짓는다는 것 아닌가. 아들을 둔 엄마로서 짠했다.

그 사이 해설사와 몇 사람은 앞서서 메타세쿼이아 가로수길에 들어섰다. 죽죽 뻗은 그 아래를 지나면 마치 군대의 사열을 받는 것처럼 우쭐해지는 기분까지 느끼게 해주는 유쾌한 가로수다.

과거에는 메타세쿼이아와 낙우송을 구분 없이 도로변이나 공원에 많이 심었다. 요즘에는 메타세쿼이아가 낙우송보다 키가 늘씬하고 위로 크게 뻗는다고 권장 가로수로 선정되어 국도나 고속도로변에 심는다고 한다.

청남대 대통령 별장의 메타세쿼이아 길과 낙우송 길도 멋지다. 전남 담양에서 순창 간의 국도변에 심겨 있는 메타세쿼이아 가로수길은 '한국의 아름다운 길'로 선정되어 관광객들이 찾는 명소가 되었다. 중국의 상해에서 북경으로 가는 철로 변에 이 나무가 있는데 길이가 만 리나 되어 이 길을 'Green Great Wall' 즉 '녹색의 만리장성'이라고 부른단다.

평소 식물에 관심이 많은 사진작가인 우리 반 반장이 옆의 나무를 가리켰다.

"이것은 메타세쿼이아와 비슷한 낙우송이거든요. 잎은 바늘처럼 생긴 침엽인데, 새의 깃털처럼 보이고 가을이 되면 하나씩 떨어져요. 깃털[羽]이 떨어지는[落] 것처럼 낙엽 진다고, 낙우송落羽松이라 이름이 지어진 것이랍니다."

와! 하며 모두 손뼉을 쳤다. 얼핏 봐서는 두 나무가 구별하기 힘들지만 차이가 있다. 낙우송은 잎이 서로 어긋나게 달려 있는 반면에, 메타세쿼이아는 잎이 두 개씩 서로 마주 보게 달린 점이다. 낙우송에는 땅속에서 마치 무릎 같은 돌기가 돋아나 땅 위로 솟은 기근欺根(가짜 뿌리)이 있다. 저습지에 자라다보니 공기가 잘 통하지 않아 뿌리가 숨을 쉬기 위해 바깥으로 나온 것이란다. 메타세쿼이아는 기근이 없다.

갑자기 추워진 영하의 날씨에 표정들이 굳어져갈 무렵, 물방울 온실에 들어가니 따뜻했다. 바나나, 망고 등 아열대 식물을 사계절 만날 수 있는 곳이다. 그곳에서 해설사가 추위에 굳은 몸을 풀자며 간단한 맨손체조를 하니 추위로 얼었던 얼굴들에 웃음꽃이 피었다.

숲해설사는 그날이 올해 마지막 해설이라고 했다. 그날 해설을 놓쳤으면 내년 4월에나 듣게 된다니 그날은 행운의 날이었다.

식사 한번 하실까요

3월 둘째 주 토요일 저녁에 큰아들의 생일상을 집에서 차리기로 했다. 이번엔 나 혼자 음식을 만드는 것이 아니라, 네 식구가 능력껏 한 가지씩 음식을 만들기로 했다. 외식을 하면 간단할 것을 번거롭게 한 데에는 이유가 있다. 지난 2월 작은아들 생일날 외식을 했다가 두 사람이 배탈이 난 이유도 있지만, 실은 장성한 두 아들이 장가를 가기 전에 서로의 손맛을 느껴보자는 뜻이 더 컸다.

음식을 일찍 해놓으면 식감이 떨어진다며 토요일 오후에 몰려서 하다보니, 좁은 주방에서 야단법석이 났다. 씻는 것은 여기저기서 가능한데 불을 사용하는 것은 거의 한 군데서 하느라고 북새통이 벌어졌다. 그래도 식구들은 적극 환영이었다. 그날은 물론 엄마표인 나의 '훈제오리 무쌈말이'가 제일 화려하고 인기가 좋았다. 남편은 부추와 호박을 넣은 빈대떡을, 큰아들은 감자전을, 작은아들은 평소 못 먹던 한우 살치살 구이에 소스를 곁들였다.

서로 맛이 있다며 과장을 섞어 음식점을 차려도 되겠다고 칭찬을 한다. 아들들은 기숙사에 있어봤기 때문에 집밥에 대한 맛보다는 식구끼리 먹는 정겨움을 더 좋아한다. 금방 지은 따끈한 밥을 퍼서 같이 먹을 때, 우리의 가슴은 훈훈해진다. 집을 떠나 배고프고, 외롭고, 속상했던 방황의 시간들을 모두 녹여준다.

'식구'는 먹을 식食, 입 구口가 결합된 단어로서, 한솥밥을 먹는 가족의 다른 말이다. 한집에 살면서 끼니를 같이하는 사람이란 뜻이다. 그런데 우리 집은 네 식구이지만 같이 모여 밥을 먹으려면 서로 약속을 해야 한다. 작은아들은 회사와 거리가 있어서 오피스텔에 따로 나가 있어 더욱 그렇다.

우리가 흔히 인사처럼 하는 '밥 한번 먹자'는 말은 사실은 친밀하고 싶다는 다른 표현이다. 식사는 단지 음식을 섭취한다는 그 이상의 의미를 가지고 있다. 즉 인간관계나 친밀감의 표현이라는 걸 여실히 보여준다.

'키친 캐비닛Kitchen Cabinet'은 대통령의 식사에 초청받을 정도로 가까운 지인이나 친구들을 의미한다. 실제 내각과는 달리 어떤 이해관계나 정치적 영향력도 행사하지 않기 때문에 대통령은 이들과 솔직한 대화를 나눌 수 있다는 장점이 있다. 음식을 즐기면서 국민 여론을 전해 듣거나 자신의 국정운영에 대해 스스럼없는 충고를 들을 수 있다. 식사를 매개로 하는 하나의 소통 방식이다.

2001년 아들 부시George Walker Bush 미국 대통령이 키친 캐비닛 명단을 처음으로 공개하였다. 흔히 높은 지위에 있는 사람과 격의 없이 대화를 나눌 수 있는 지인들로 의미를 확대하여 사용하기도 한다.

나도 수업이 끝나면 수강생들과 식사를 하고 차도 한 잔씩 마신다. 식사를 함께한다는 것은 단순히 한 끼를 때운다기보다는 서로 교감을 나누고, 당면한 어려움 등을 이야기하며 긴밀한 관계를 형성한다. 작품에 나오는 소재만 가지고도 화제는 꼬리에 꼬리를 물며 화기애애하게 이어진다.

봄 학기가 시작되고 어제는 미국을 다녀오느라고 잠시 빠졌던 문우가 한턱을 냈다. 그분은 개강할 때 빠져서 신입 문우들과 처음 만났지만 밥을 함께 먹고 글쓰기라는 목표가 같아서인지 금방 십년지기처럼 친해졌다. 역시 함께 밥을 먹으며 각 분야에서 살아온 문우들이 네트워크가 되어, 서로에게 막강한 키친 캐비닛이 될 것을 기대한다.

2014년 12월 트렌드모니터trendmonitor.co.kr가 가족관계에 대한 정서를 살펴본 결과, 68.8%는 같이 밥을 먹는 사람을 뜻하는 '식구'의 의미가 요즘 많이 퇴색되었다고 느끼는 것으로 조사되었다. 가족관계가 예전보다 많이 끈끈하지 않다는 데 동의하는 의견도 57.7%에 이르렀다.

그러나 우리 가족들은 여전히 엄마표 밥, 무엇으로도 살 수 없는 엄마사랑 한 사발을 계속 주문한다.

이상한 유행

작년 봄에 급격히 시력이 떨어졌는지 책을 읽기가 불편했다. 평소에는 안경을 쓰지만 책을 읽을 때는 안경을 안 썼었다. 눈에 문제라도 생긴 것은 아닌가 덜컥 걱정이 되어 안과전문병원을 찾았다.

처음에 기초 시력검사를 2층에서 했다. 안경도수란 눈의 시력을 정상으로 만드는 데 필요한 렌즈의 도수이다. 현재 왼쪽은 눈의 시력에 맞게 안경도수가 잘 맞는데, 오른쪽은 시력이 안경도수보다 훨씬 좋다고 했다. 어떻게 시력보다 안경도수가 더 나쁠 수가 있단 말인가? 그럼 애초에 안경을 안 써도 되었다는 뜻 아닌가. 안경집에서 잘못해줬다는 것이고. 세상에 그럴 수가 있을까 하며 배신감이 확 밀려왔다. 아들의 안경도 거기서 다 했는데, 혼란스러웠다.

3층에 가서 담당 원장에게 진료를 받으며 질문했다.

"시력보다 안경도수가 어떻게 나쁠 수가 있어요? 그렇다면 애초부터 안경도 맞지 않았나요?"

"오른쪽 눈이 좋아져서 그렇게 차이가 날 수도 있어요."

불만스런 나의 질문에 3층 원장은 흔하진 않다며 미소를 지었다.

시력이 간혹 좋아진 것 같아도 시력이 이전보다 좋아지는 경우는 드물며, 어떤 영향으로 인한 굴절도의 변화라는 이야기는 전에 들어봤다. 뭔가 속은 것처럼 기분이 찝찝했다. 눈의 시력이 좋아질 경우는 없다는데, 본래 시력이 좋았던 것인지, 시력이 회춘을 한 것인지 한 쪽 눈이 좋아졌다는 것이 마구 헷갈렸다.

다음 단계로 가서 검은 눈동자를 커지게 하는 안약 같은 것을 눈에 넣었다. 한참 기다린 후 망막센터에 가서 다시 검사를 하였다. 턱과 이마를 대고 강한 불빛을 바라보는 검사였는데, 약간 백내장이 오긴 하지만 1년 뒤까지는 상관이 없다고 했다. 그것의 싹을 자를 수는 없을까? 1년에 한번 정도는 정기검진을 받으라고 한다.

안경을 처방하는 2층에 가서, 검안사가 검사 안경테에다가 이것저것 렌즈를 껴본 후 최종 선정을 하였다. 그 렌즈를 끼고 대기실을 왔다갔다 걸어보라고 했다. 어지러운지 시험을 하는 것이다. 내가 적응하면 될 것 같다고 하니 다른 이야기를 해주었다. 나의 한 쪽 눈은 먼 데가 잘 보이고, 한 쪽 눈은 가까운 곳이 잘 보인다고 한다. 검안사가 한마디를 더 했다.

"앞으로 안경을 벗어보세요."

나는 잘못 들었나 하고 다시 물으니 웃으며 이야기를 한다.

"요즘 유행하는 눈을 가지셨어요. 요즘 트렌드가 노안인 분들이 와서, 한 쪽 눈은 멀리 잘 보이게 하고, 한 쪽 눈은 가까운 곳이 잘 보이게 수술을 하거든요."

"어 그래요?"

"요즘 사람들이 수술하는 최첨단 트렌드 눈을 갖고 계신 겁니다. 남들은 일부러 수술하는 것을 저절로 갖고 있으니 행운이시죠."

그럼 내 눈이 나도 모르는 사이에 유행의 첨단을 가고 있었단 말인가. 정보의 대부분을 우리는 눈에 의지하여 습득하지 않는가. 눈의 중요성을 강조한 '몸이 천 냥이라면 눈은 구백 냥'이라는 말에도 전적으로 동감한다. 눈은 '신체 오복' 중에 하나이기도 하다. 사물을 볼 수 없는 어둠은 정말 상상할 수가 없다.

밝음으로 큰 충격을 받은 적이 있다. 내가 처음 안경을 썼을 때 그 밝은 세상은 너무 충격적이었다. 이십대에 학교 근무할 때다. 선배 교사가 복도를 지나가는데, 내가 너무 인상을 쓰며 교실 뒤쪽을 보더라는 것이다. 그냥 두면 인상버리겠다며 그날 당장 아는 안경집으로 데리고 가서, 안경을 맞추도록 했다.

렌즈 밖의 세상은 너무나 밝고 선명하였다. 그동안 나만 뿌옇고 흐릿한 세상에 살았다는 것이 놀라움이었다. 모두 20세기 문명을 누리고 사는데 나만 신석기시대에 살다가 다행히 타잔의 줄을 타고 휘리릭 건너온 듯한 환상에 잠기기도 했다.

처음 학교에 근무할 당시, 머리가 하얗게 센 선생님들이 지금 내 나이보다 젊었지만 당시에는 할아버지, 할머니라고 생각했다. 지금은 그때보다 여건이 더 좋아지긴 했지만, 아직도 내 자신은 팔팔한 청춘인 듯 착각하고 산다. 글을 쓰는 선배님께서 종종 정신차리라고 일침을 놓으신다.

“자기가 아직도 왕성하게 활동하지만 청춘은 아녀, 정신차려.”

착각하고 살아도 노안은 달려온다. 노안이라도 내 눈이 유행의 첨단을 걷고 있다니 얼마나 다행인가. 처음에 막힌 것처럼 찝찝했던 마음이 단번에 쑥 내려가듯 상큼했다.

인터넷을 검색해보니, 노안을 가리켜 안과 의사들은 ‘시각적 사춘기’라고 명명하기도 했다. 40~50대에서 흔히 나타나는 눈의 시력변화를 재미있게 표현했다. 요즈음 ‘노안 교정방법’은 원거리와 근거리를 동시 치료할 수 있는 방법이 대세로서, 내 눈이 유행의 첨단을 가는 것이 맞는 것 같았다. 그 방법을 사용하면 돋보기의 도움 없이도 근거리를 어느 정도 볼 수 있기 때문이라고 한다.

그해 12월 탤런트 송○○가 녹내장으로 시신경이 20%밖에 남지 않았다는 진단이 방송되면서 세간의 주목을 받았다. 약물치료를 받지 않으면 5~10년 사이에 실명한다고 의사가 말하자 송○○도 깜짝 놀랐다.

녹내장 문제는 특별한 증상이 없어 노안이라 생각하고 방치하게 된다는 점이다. 그러다가 결국 시력까지 잃게 되는 병이다. 정기검진으로 조기 발견하는 것이 무엇보다 중요하다. 내가 전보다 눈에 더욱 관심을 갖는 이유도 그것 때문이다.

유행이 별 건가, 지금 우리가 살아가며 보고 말하고, 먹고 입고 행동하는 것이 유행이다. 이 골목, 저 골목에서 몰려나와 광장으로 흘러나온 유행의 물결은 어디로 갈지 모른다. 다음은 무엇이 나올지 모른다. 나의 이상한 짝눈이 유행이라니 말이다.

고독한 얼굴도둑

김낙효(이하 김) : 오늘 제가 사회를 맡았습니다. 오늘은 프랑스 영화 〈얼굴도둑Nobody From Nowhere〉을 여기 세미나실에서 다함께 관람을 하고 나서, 그 작품에 대한 것을 토론하는 시간을 가지려 합니다.

이 영화의 주인공은 타인의 인생을 모방할 때 존재감을 느끼는 부동산중개업자 '세바스티앙 니콜라'의 이야기입니다. 이 주인공은 자기 스스로는 이 세상에 존재하지 않는다고 생각하여 타인을 모방하고 나서야 비로소 자신이 살아 있다는 존재감을 느끼거든요. 그러다가 전혀 예상치 못한 결말을 맞게 됩니다. 같이 기대해볼까요.

좋은 영화를 함께 감상하는 것만으로도 우리는 마음에 위안이 되고, 새로운 정보도 얻게 됩니다. 또한 이 영화를 통하여 자신은 누구이며, 친구나 가족 관계에 대해서도 함께 생각해보는 시간이 되길 기대합니다. 연구발표는 조영화 님께서, 질의는 서미나 님을 비롯하여 여러분이 자유롭게 해주시기 바랍니다.(참여 : 조영화 문학평론가, 서미나 대중문화평론가, 김낙효 수필가)

조영화(이하 조) : 〈얼굴도둑〉은 매튜 델라포테 감독의 프랑스 영화 스릴러물로서 2016년에 개봉된 영화입니다. 출연은 마티유 카소비츠가 세바스티앙 니콜라, 앙리 드 몽탈트 역할과 가짜 몽탈트 역까지 1인 다역을 했습니다. 영화 보는 것을 줄거리로 대신합니다.

부동산중개업자 '세바스티앙 니콜라'는 집을 구하러 온 사람들의 머리 스타일, 눈, 코, 말투, 행동 등을 유심히 봐두었다가 집에 가서 그 사람 가면을 만들고 말투 행동을 따라합니다. 어느 때는 그 사람 집에 가서 시간을 보내기도 하지요. 그의 캐비닛에는 모방한 사람들 가면과 명단이 적혀 있습니다. 그런데 어느 순간부터 그런 자신의 삶에 회의를 느껴 더는 못하겠다고 생각합니다.

그때 한때 유명했던 바이올리니스트 '앙리 드 몽탈트'를 고객으로 만나게 됩니다. 그 역시 평생 바이올린만 했던 사람으로서 고독한 사람이지요. 두 사람은 몇 번 술자리도 갖으면서 본인 이야기를 서로 나누게 됩니다. 세바스티앙은 다시 몽탈트를 따라하면서 비로소 자신이 살아 있다는 존재감을 느낍니다. 그래서 몽탈트만 따라하기로 마음을 정합니다.

그런데 문제가 생겼습니다. 몽탈트가 숨겨놓은 아들이 있는데, 아이 엄마가 몽탈트에게 가족으로 살기를 희망하거든요. 그렇지만 몽탈트는 가족이 되는 것을 거부합니다. 세바스티앙이 우연히 그녀를 만나게 됩니다. 그녀는 가짜 몽탈트라는 것을 모르고 아들과도 만나게 합니다.

가짜 몽탈트인 세바스티앙은 단순한 연민으로부터 시작된 그 아들과의 만남 속에서 자신의 애정을 갈구하는 아이의 마음을 보게 됩니다. 자신을 원하는 아이를 보는 순간 그는 자신의 존재감을 실감합니다. 몽탈트의 아들을 통해 그는 자신의 존재가치를, 즉 자아를 찾은 것입니다.

어느 날 아들을 집까지 초대합니다. 세바스티앙이 식사 준비를 하려는데, 목을 매고 자살한 진짜 몽탈트를 발견하고 어떻게 할까 고민을 합니다. 정신을 차리고 세바스티앙은 몽탈트를 본인으로 위장해서 자살한 것처럼 꾸밉니다. 얼굴을 못 알아보게 오븐에 얼굴을 넣고 집 전체가 폭발하게 합니다.

경찰은 세바스티앙과 만남, 통화 등을 조사한 결과 몽탈트가 세바스티앙을 살해한 것으로 추정을 합니다. 마음이 급해진 세바스티앙은 금고에 있는 돈을 모두 빼서 집과 함께 아들 명의로 넘겨주고 안전한 곳에 가서, 죽은 몽탈트로 완전히 성형수술을 하여 실제 몽탈트 얼굴로 살기 시작합니다. 이것은 몽탈트로 남은 생을 살겠다는 강한 의지의 표현이지요. 여기서 그는 원래 본인이었던 세바스티앙의 장례식 부고를 받게 되고, 살아 있는 자신의 살인범으로 몰려 교도소까지 가면서 영화는 끝이 납니다.

서미나(이하 서) : 세바스티앙은 직업상 수많은 사람들과 만나 일을 하지만 누구도, 가족까지도 그에게 관심이나 애정을 표현하지 않네요. 그가 일 외에 누구와도 소통을 하지 않는다는 것은 주변과 철저히 단절된 사람이라는 뜻이겠지요?

김 : 그렇죠. 우리의 자아는 거울처럼, 타인이 비춰주는 모습에 의

해 자신이 어떤 사람인지 대부분 인지하게 됩니다. 그러니까 세바스티앙의 자아는 텅 비어 있는 것이지요. 몽탈트가 한 말에서도 알 수 있어요. "보통 사람들은 그들의 생각과 원하는 것이 그들의 얼굴에 적혀 있어. 그런데 그대는 아무것도 보이지 않네." 그는 왜 그렇게 타인을 모방할까요?

조 : 자아가 존재하지 않는 그는 다른 사람을 모방함으로써 자아를 찾으려고 하는 것입니다. 다른 사람의 외모나 말투 행동들을 따라하면, 마치 그가 그들이 된 양 느끼는 것이지요. 텅 빈 자신의 공허함을 달래기 위해서라고 볼 수 있습니다. 그는 다른 사람들의 특징을 모방함으로써 '나는 이렇고 저런 사람이야'라고 스스로에게 인지시켜주는 것입니다.

서 : 그런데 전에는 모방을 하여 혼자만 즐겼는데, 몽탈트의 옛 연인과 아들과 소통을 하면서 문제가 생긴 것이죠. 단순한 동정심으로부터 시작된 이 소통에서, 그는 아주 중요한 목적이 생긴 것이죠. 자신이 정말 살 만한 가치가 있는 사람이라는 인식을 하게 된 것입니다. 자신이 보호해주고 자신이 즐겁게 해줘야 할 자신만이 할 수 있는 일이 생긴 것입니다.

조 : 그것이 아주 중요한 것이죠. 세상에 존재하지 않는 남자로 40여 년을 살았던 그에게 새로운 가족, 그가 돌봐주어야 할 가족이 생긴 것입니다. 그들은 자신을 꼭 필요로 하는 사람으로 가치 있는 존재가 된 것입니다. 그것이 그가 본래의 자기를 버리고 꼭 필요한 존재인 몽탈트로 살기 위하여, 완전히 성형까지 하게 된 결정적인 이

유가 된 셈입니다.

김 : 공감합니다. 그 전과 비교해보면 세바스티앙이 많이 달라진 것이죠. 목표가 생겨 인생이 바뀐 것입니다. 항상 순종하고만 살았기 때문에 스스로 지켜내야 할 목표가 없었는데 몽탈트의 옛 여인과 그 아들을 만나면서부터, 자신이 보호하고 자신이 즐겁게 해줄 수 있는 자신만의 일이 생긴 것이죠.

서 : 영화에서 옥에 티를 발견했는데요. 몽탈트네 개가 주인인 몽탈트가 죽은 것을 보고, 새로운 주인인 물론 얼굴은 같지만 세바스티앙을 그대로 따르는 것은 실수로 보였어요. 세바스티앙이 무취였다지만 고유의 그 사람 냄새를 개의 본능으로 몰랐을까요? (웃음) 또 세바스티앙이 지문을 찍게 되면 탄로가 날 텐데 하는 생각도 들었고요. (웃음)

조 : 사실 이런 이야기에서 후반부에 가서는 보통 주인공이 정체성을 잃은 채 다른 사람들의 삶을 일시적으로 모방해서 삶의 의미를 추구하다가, 그것의 헛됨을 깨닫고 본래 자신만의 고유한 인격을 되찾게 되는 결말인데, 이 영화는 정반대이죠.

마지막에 모방의 헛됨을 느끼기는커녕 아예 새로운 얼굴로 성형을 하여 고유의 자신을 부인하면서 진정한 존재감을 느끼잖아요. 이것이 현대인의 요상한 심리일까 또는 무슨 종교의 부활 같은 모양새를 빌린 것 같기도 하고요.

김 : 저도 새로운 해석이구나 하면서도, 자아가 없던 세바스티앙이 타인의 삶에서라도 정체성을 찾는 것을 보고 영화이지만 심리적

으로 안정감을 느꼈어요. 세바스티앙이 이제라도 인간 세상에서 가족과 함께 행복하게 살기를 기원하는 마음이랄까.

조 : 감독은 결국 타인과의 의미 있는 접촉 속에서 그 자신의 진정한 자아, 진정한 삶의 의미를 찾을 수 있다는 메시지를 전하는 것으로 보았습니다.

김 : 긴 시간 고맙습니다. 목표를 가지고 과정의 소중함을 느끼고, 하루하루의 행복한 순간이 모이는 그 삶 자체가 의미가 있다는 것을 새롭게 발견했답니다. 좋은 글들 많이 쓰고 또 만나요. (일동 박수)

세시풍속 속담풀이

1. 2월 천둥이 조기 몰아 올린다

음력 2월에 천둥이 치면 조기가 많이 나타난다는 뜻이다. 조기는 석수어石首魚, 추수어鰌水魚, 또는 종어鯼魚라고도 부른다. 조기의 종류는 참조기, 부세, 보구치, 수조기, 황강다리(황새기) 따위로 나뉜다.

『화음방언자의해華音方言字義解』에는 석수어가 중국어의 종어鯼魚인데, 종어의 음이 급하게 발음되어 조기로 변했다 하고, 『송남잡지松南雜識』도 같은 설명이 있다. 『고금석림古今釋林』에는 석수어의 속명인 조기助氣가 사람의 기를 돕는다고 하였다.

조기는 제수용으로 꼭 필요한 생선이며, 한국 사람이 제일 좋아하는 생선이다. 조기는 서해안의 대표 물고기로 주요 어장은 칠산바다와 연평도이다. 제주도에서 월동한 조기떼는 2월경에 북상하여 3월경에 흑산도 연해에, 4월에 칠산 부근에 이르러 산란을 시작한다. 4월 20일경 곡우 때 조기떼는 어김없이 칠산 앞바다에 나타난다. 이때 잡은 조기를 '곡우사리'라 부른다.

춘분이 되면 우렛소리가 들리고 번개도 친다. 2월에 천둥이 치면 조기가 많이 나타난 것을 본 경험으로, 옛 사람들은 천둥번개가 치면 남쪽으로부터 조기떼가 몰려온다고 생각했다.

2. 흉년에 윤달 든다

흉년에 윤달까지 들어 그만큼 더 어렵다는 의미의 속담이다. 불행한 일을 당하고 있는데 그 위에 또 좋지 못한 일이 겹친다는 말이다.

평소에도 춘궁기春窮期에는 살기가 몹시 어려워 "보릿고개 때에는 딸네 집에도 가지 마라"고 한다. 보릿고개에는 누구나 식량 때문에 곤란을 겪으므로 아무리 가까운 사이라도 그 때는 방문을 삼가라는 의미로서 흉년에는 더욱 그렇다. 보릿고개는 묵은 곡식은 거의 떨어지고 보리는 아직 여물지 아니하여 농촌의 식량 사정이 가장 어려운 음력 4~5월을 비유하는 말이다. 보릿고개라는 말은 1950년대까지만 해도 연례행사처럼 농민들의 큰 어려움을 나타내는 말이었다.

"보릿고개가 태산보다 높다"나 "보릿고개에 죽는다"는 보릿고개 넘기기가 힘들다는 것을 비유한 말이다. 흉년에 보릿고개라면 반가운 친정어머니의 방문도 곤란했던 때이므로 누구든 그해가 빨리 지나가기를 바라는데, 윤달까지 들어 보릿고개가 한 달 더 이어지면 어려움이 그만큼 더 지속된다는 뜻으로 불행이 겹침을 의미한다.

유사 속담으로는 "엎친 데 덮친 격이다"는 힘든 일이나 불행한 일을 당하고 있는데 다른 불행이 겹친다는 말이고, "여우를 피해 가니 호랑이가 나타난다"는 말도 자꾸 좋지 않은 일이 반복됨을 뜻한다.

“도둑을 맞으려면 개도 안 짖는다”, “시다는데 초친다”는 것도 설상가상雪上加霜 ‘곧 눈 위에 또 서리가 덮인 격’으로 어려운 일이 연거푸 일어남을 비유할 때 쓰는 말이다.

3. 윤달 든 회양목인가

회양목의 자라는 속도가 더딘 것에 빗대어 일이 진행되는 정도가 더딤을 의미하는 속담이다. 키 작은 사람을 놀리는 말로 쓰기도 한다.

‘윤달에 만난 회양목’ 또는 ‘윤달 만난 황양목’이라고도 하는데, 회양목이 윤달이 되면 그 키가 한 치씩 준다는 전설에서 나온 말이다. 회양목의 옛 이름이 황양목黃楊木이다.

회양목은 정원의 가장자리나 통로의 양옆에 동그랗게 깎아놓은, 손톱 크기만 한 도톰한 잎사귀가 사철 달려 있는 키 작은 정원수이다. 회양목은 자람이 극히 더디어 1년에 많이 자라야 3㎝쯤 자라고, 줄기의 지름이 12㎝로 자라려면 80년이나 걸리고, 지름이 25㎝면 600~700년생은 된다. 이렇게 회양목이 1년 자라야 겨우 3㎝ 정도(한 치)인데, 윤달 한 달이 추가되어도 키가 자라기는커녕 오히려 한 치씩 줄었다는 것이다. 실제로 키가 줄어들지는 않겠지만 하는 일이 시간이 추가되어도 진전이 없음을 강조하기 위해 하는 말이다. 매우 더디게 자라는 모습을 보고 또래에 비해 유난히 작은 사람을 놀리는 뜻으로 쓰기도 한다.

유사 속담으로는 “돋우고 뛰어야 복사뼈라”는 속담이 있다. 이는 아무리 해도 얼마 더하지 못한다는 말로 다할 것같이 날뛰어도 기껏 조금밖에 더 못한다는 말이다.

4. 윤달에는 송장을 거꾸로 세워도 탈이 안 난다

윤달에는 어떤 일을 해도 부작용이 없다는 의미의 속담이다. 윤달은 덤으로 있는 '공달'이어서 부정이나 탈이 없다고 생각하여, 궂은일을 모두 윤달에 하는 것을 부각시켜 하는 말이다.

『동국세시기東國歲時記』 윤달조閏月條를 보면 "풍속에 결혼하기에 좋고 수의 만드는 데 좋다. (…) 광주廣州 봉은사에는 윤달이 되면 장안의 여인들이 다투어 와서 불공을 드리며 (…) 윤달이 다 가도록 끊이지 않는다"고 했다. 이처럼 윤달에는 불공을 드리고, 성 돌기를 하며 극락세계 가기를 기원했다.

또한 평소에 집과 변소 수리, 이사, 수의 만들기, 묘 손질 같은 일을 함부로 안 하는데, 윤달에는 일진도 안 보고 아무 때나 한다. 윤달에는 아무 탈이 없다 하여, 이장을 하여 다시 장사를 지내는 면례緬禮를 하기도 한다. 그리고 윤달에 수의를 만드는데, 특히 윤유월에 수의를 장만하면 부모가 오래 산다는 속설도 전한다. 전북 진안에서는 윤달에 수의를 짓고 널을 짜서 그 속에 넣어두기도 하며, 미리 준비해놓은 집에서는 윤달에 꺼내어 손본 후 다시 들여놓는다. 곧 이 속담은 평소에는 부정이나 동티가 두려워 꺼리던 일을 윤달에 거침없이 한다는 것을 강조한 것이다.

남산 둘레길 탐방

한 달에 한번 만나는 공동체 모임이 있다. 그 모임은 해마다 신임 회장이 선출되는데, 모임의 성격상 큰 줄기는 같지만 부수적인 행사는 회장의 성향에 따라 달라진다.

2014년 5월에는 원래 야외에서 모임을 가지려 했는데 세월호사건으로 야외 행사를 취소하고 남산 둘레길을 탐방하기로 했다. 본래의 월례회를 마치고 참여할 십여 명만 국립극장 주차장에서 다시 모였다.

다리 아픈 사람은 순환버스를 타고 올라갔고, 남은 사람들은 우리 회원인 나무박사의 설명을 들으며 팔각정까지 올라갔다. 남산을 올라갈 때나 내려올 때 나무박사의 설명으로 남산 둘레길 산책이, 즐거움에 정보까지 첨가되어 훨씬 생기가 넘쳤다. 맑은 날씨 덕으로 서울 시내가 한눈에 들어오는 데다가 숲해설까지 곁들이니, 우리들의 행복지수는 하늘까지 닿는 듯했다.

중간에 올라가다보니, 아름드리나무가 땅 위에서부터 노란 테이

프 같은 것으로 2m 정도를 둘둘 감아놓은 나무가 여기저기 보였다. 참나무를 시들게 하는 '광릉 긴나무좀'이라는 병충해를 방지하기 위해 나무에 끈끈이를 감아둔 것이었다.

매개충인 광릉 긴나무좀은 딱정벌레 종류로서 5월 상순부터 나타나서, 참나무 종류에 침입하여 건강한 참나무류를 급속히 말라죽이는데 갈참나무, 신갈나무, 졸참나무 등이 피해가 크다는 것이다. 피해 나무는 7월 하순부터 빨갛게 시들면서 말라죽기 시작한다고 했다. 숲속도 알게 모르게 많은 생명이 경쟁하며 살아남기 위해 전략을 쓰는 곳이라는 생각이 들었다.

나무박사의 설명으로 새로 안 여러 사실 중, 나로서는 새로운 정보 일부를 소개하겠다. 왕벚꽃나무를 일본이 국화國花로 삼고 있으며 일본이 원산지라 주장하지만, 원래는 제주도 한라산이 원산지라는 것이다. 아까시나무 꽃의 좋은 점도 새롭게 알게 되었다. 그동안 아까시에 대한 왜곡된 선전이 많았다는 것과 밤꿀보다 아까시꿀이 더 좋다는 것도 알게 되었다.

남산에는 볼거리가 너무 많았다. 평소에 차만 타고 지나가보았지, 일부러 남산을 오른 것은 1970년대 대학 다닐 때나 와봤나 할 정도이다. 지금은 둘레길로 조성하여 너무 낭만적이고 도심과 자연이 기가 막히게 연결된 서울의 관광코스가 되어 있었다.

갈증 해소를 위해 물을 한 병씩 들고 마시며 남산 팔각정까지 올라가서 서울의 사방 조망을 즐겼다. 청와대, 인왕산도 보고 남쪽 한

강도 보며 한마디씩 명언들을 날렸다. 옆의 데크전망대에 걸려 있는 수만 개의 사랑의 열쇠도 보고, 팔각정 바로 아래 무대에서는 태권도 시범을 보여주는 행사도 있었고, 외국인 관광객까지 있어 남산 팔각정은 북적거렸다.

나무박사의 박식함으로 우리는 새로운 사실을 알 때마다 무슨 리액션하듯이 '아하'를 연발했다. 나무박사가 나무들이 꼿꼿하게 자랄 수 있는 이유를 설명할 때마다 킥킥하는 웃음소리가 여기저기서 나오더니 마침내 까르르 웃음이 터져나왔다.

"꼿꼿하게 서려면~."

꼿꼿하게 발음이 억양 때문인지 조금 다르게 계속되자, 중년 여교수는 내내 발음을 교정해주느라 웃음이 연발 터졌다. 나무박사의 숲과 나무에 대한 재미난 이야기는, 테마가 있는 숲속 산책이란 제목으로 오늘 모임의 성격으로 딱 정리가 되었다.

하산은 팔각정에서 다시 국립극장 쪽으로 들어섰다. 중간에 국궁터에서 화살 쏘는 것도 보고, 북측 순환로와 만나는 국립극장 입구까지의 완만한 경사의 내리막길로 오는데 각종 꽃들이 만발했다. 어릴 적에 우리 집 장독대 옆에 만발했던 사발꽃도 만나서 어찌나 반가운지 살짝 만져보았다.

점심은 족발로 할 것인가? 냉면으로 할 것인가에서 족발로 결정이 되었다. 그 옛날부터 있던 태극당. 그 건너편 족발원조집에서 원조족발과 파전으로 옛날의 향수까지 음미하며 한바탕 웃음으로 남산 산책을 마무리하였다.

다들 출출하던 차에 배부르게 먹고 나오는데, 문 앞에서 부지런한 회장이 기다리고 서 있었다. 근처에서 엿을 사가지고 와서 우리에게 엿을 한 봉지씩 나누어주었다.

"아니 우리에게 왜 엿을 멕이시나요?"

"이 동네에 엿이 많이 있네요. 가면서 드시라고요."

봉지를 하나씩 받아들고 엿을 하나씩 입에 물고, 방향이 같은 일행끼리 지하철에 올라탔다. 엿을 멕였다며 그 단어가 주는 뉘앙스를 즐기며 한마디씩 했지만, 나는 그 회장이 깊은 의도가 있나 하고 고개를 갸우뚱했다.

과거시험 보던 때부터 시험 전날 엿이나 조청을 먹었다. 요새는 찰떡도 먹지만. 엿이나 찰떡처럼 딱 붙어 합격하라는 간절한 뜻이 담겨 있다. 또한, 예전에는 신부가 시집에서 하룻밤을 보낸 후부터 시부모에게 아침 일찍 문안인사를 드린다. 그때 시어른에게 대접할 음식을 친정에서 간단히 준비해온다. 감주나 엿, 약과, 홍시 등이다. 이때 엿을 드리는 것은 새 며느리의 흠이나 흉을 보지 말고, 혹시 실수하더라도 시댁 어른들이 크게 야단을 치지 말아달라는 의미와 엿처럼 끈끈한 정을 사돈 간에 갖자는 뜻이 담겨 있다고 한다.

모임의 새 회장님이 잘 지내보자는 뜻이 은연중에 담겨 있는 듯하여 고마웠다. 내가 그날 받은 엿은 적당히 달고 맛있었다. 이 맛은 잊히지 않을 것 같다.

라라님에게 보낸 편지

새 학기 개강을 마친 후 낮에 볼일을 보고 밤중에야 메일을 열었다. 지난 몇 년 동안 함께 공부한 라라님으로부터 메일이 왔다. 라라님은 여섯 번씩이나 전신마취 수술을 해서 기억력이 떨어지고, 감수성도 메말라간다고 나에게 하소연을 하던 어르신이시다.

우리 수필반(내 글로 책 쓰는 비결)에서는 같은 이름의 카페를 운영하는데, 서로 소식을 나누며 작품을 발표하고 과제도 올리는 소통의 공간이다. 라라님이 카페 게시판에 글을 올리며 생긴 어려움을 토로한 적이 있다.

"PC가 기계에 서툰 나를 알아보고 약을 올리는 바람에, 몇 시간 수정한 것이 사라져 과제를 못한 적도 있어요. 기계까지 나를 우습게 보는가봐요. 교수님, 제가 암과 투병하다보니 점점 마음이 약해지고, 지금 배워 뭘 하겠나 하는 생각이 들어요. 하루에도 몇 번씩 그만둘까 말까를 되풀이하고 있어요. 정말 어떻게 할지 모르겠어요."

나이가 많아지니 점점 자신감이 떨어져서 좋은 생각도 떠오르지 않을 것 같다고 호소를 한다. 간단히 답을 쓰면 안 될 것 같아 길게 밤 늦게까지 편지를 썼다.

라라님께

우리 새 봄을 한번 생각해볼까요. 죽은 것 같던 겨울이 사실은, 보이지는 않으나 쉬지 않고 생명의 봄을 준비하고 있었던 것입니다. 마찬가지로 수필이란 문학은 봄을 준비하는 한겨울로 '내 삶의 진솔한 고백이요 향기'입니다. 바로 '겨울이 피워올린 생명의 봄'과 같습니다. 우리 삶을 수필이란 새 봄으로 꽃 피우고 생명을 불어넣어준 우리들은, 바로 아름다운 봄의 건설자들입니다. 라라님은 겨울을 봄으로 키워내는 아름다운 봄의 건설자로서 계속 글을 쓰셔야 한다고 생각합니다.

생각해보세요. 라라님 세대는 일찍이 고도 성장기에 농촌에서 공장으로, 중동 사막으로 독일 탄광으로 들어가 열심히 일하며 먹고 살기에 급급한 세대였지요. 취미생활 같은 것은 생각하기 힘들었던 시기에 라라님은 글쓰기를 직업으로 갖지 않았습니까? 유명한 잡지사에 근무했다는 것은 당시 부러움의 대상이었죠. 그러나 당시 여러 사정으로 그만두게 되어 안타까웠다고 하셨지요.

라라님은 오랫동안 잠재워두었던 글쓰기를 이 강좌를 통해서 다시 시작하게 되었고, 새로운 작가들을 만나게 되었습니다. 가장 중요한 것은 자기 자신과 만나는 기회가 많아진 것입니다.

히말라야를 오르기 위해선 매일 뒷동산부터 다니면서 근육을 단련시킨다고 합니다. 라라님은 암투병을 하면서 군인인 남편 근무지를 따라 수시로 이사하면서 얼마나 다양한 경험을 하셨습니까? 나이가 많다는 것은 그런 다양한 경험과 지혜의 창고가 풍성하다는 말이 아닐까요. 그 경험 창고를 젊은이가 어떻게 따라갈 수 있겠어요.

향년 98세의 중국 대학자 지센린의 산문 「다 지나간다」를 보면, 두 눈이 실명될 위기에 닥쳤을 때 몇 가지 의미 있는 생각을 합니다. "구순의 노인이 몸에 문제가 생기는 것은 너무도 정상적인 일이다" "좋지 않은 일이 지나가면 편안함이 온다"는 옛 말을 생각하며 그는 마음을 다스렸답니다.

라라님 기계가 약을 올린다고 하셨지요?

뇌가 내 맘 같지 않을 때 태평함을 즐기는 것도 방법입니다. 현대사회의 발전이 워낙 빠르다보니, 웬만한 젊은이들도 정신을 차릴 수 없다고 호소하니 너무 초조하게 생각할 필요는 없다고 봅니다. 팔십대의 라라님이 컴퓨터로 작품을 써서 프린트하고, 이메일로 보내는 것만 해도 대단한 일입니다.

수강생들과 공저집을 내어보니 그들이 글을 쓰면서, 잠재적으로 쌓여 있던 억압된 감정, 열등감 등을 조금씩 드러내보니 용기가 생겼다고 합니다. 부끄럽지만 쓰고 싶은 것을 쓰고 나니 마음이 확 뚫린 것처럼 후련했다지요. 위로도 되면서 기억력까지 회복되어 자신에게 칭찬까지 해주었다지요. 글을 쓰면서 스스로 치유의 효과를 경험한 셈이지요.

시를 92세에 처음 쓰기 시작한 일본의 시인 시바타 도요는 98세에 첫 시집『약해 지지마』를 내어 베스트셀러로 일본 열도를 감동시켰습니다. 103세 시모다 도코는 에세이집『103세가 돼 깨우친 것』을 써서 화제가 된 현역 화가 할머니이고요.

우리도 글쓰기로 만나서 서로에게 수호천사가 된 것 같습니다. 지난 번에 등단한 분도 처음에는 자기 이야기를 어떻게 풀어나갈지 몰랐는데, 강의를 듣고 나니 말문이 트이듯 글이 술술 써졌고, 다른 문우들이 이야기 풀어나가는 것을 보면서 자신도 힌트를 얻었다고 환하게 웃던 것도 생각납니다.

라라님은 암수술을 하고 몇 년도 지났으니 더욱 용기를 내어, 지금까지 살아온 경륜을 꽃 피우시기 바랍니다. 글판의 문우들끼리는 언제나 서로 연결되어 각자 살아온 가슴속의 보석을 끄집어내어 갈고 닦으며, 서로에게 기댈 언덕이 되지 않습니까. 라라님, 새 봄에 심기일전하고 자판을 계속 두드리세요. 발표할 작품을 곧 보내주실 것으로 믿습니다.

간절함의 온도

어느 날 페이스북으로 제자에게서 연락이 왔다. B대학에서 교양 필수 글쓰기 강의 때 만났던 J였다. 커다란 첼로 케이스를 메고 다녔던 학생이었다. 처음 자기 소개를 할 때, 단지 첼로를 하고 싶어 과를 옮기면서 있었던 경험담을 너무나 진솔하게 털어놓았던 그였기에 생생하게 기억이 떠오른다.

어려서 첼로를 조금 배워 좋아는 했지만, 부모님 권유와 미래를 위해 관광학부에 진학을 했단다. 꿈에 부푼 대학생활을 시작한 지 얼마 후, 그는 교정에서 악기를 메고 다니는 학생을 보고서 가슴이 콱 막혔다. 자신도 좋아하는 첼로를 하고 싶은 마음이 울컥하고 솟구치더니, 그 찬란하던 봄빛이 사라지고 아무것도 보이는 게 없었다.

오직 첼로를 하고 싶은 생각만 간절할 뿐이었다. 사랑하는 사람을 눈앞에 두고 사랑한다는 말도 못하는 것처럼 가슴만 바짝바짝 타들어갔다. 급기야 입학한 지 이 주 후부터는 매사에 의욕이 없어지고 밥도 제대로 먹을 수 없고, 학교 수업이 끝나면 바로 집에 와서 첼로만 연주했다고 한다.

평소에 J는 어머니와 대화가 잘 통했고, 첼로도 어머니 덕분에 배우게 되었다고 했다. 대학에 들어간 지 얼마 후부터 뭔가 이상하다고 느낀 J의 어머니가 자리를 마련하여 아들의 고민을 들었다.

"네가 첼로가 하고 싶어 식음을 전폐할 정도라면 좋아하는 것을 해야지. 이러다가 아들 잡겠다."

다시 첼로를 하는 쪽으로 전향을 하고 얼마 동안만 도와주는 대신, 다시는 부모님에게 도움을 요청하지 않기로 했다. 그렇게 간절함과 환희 속에서 한 학기를 보내던 어느 날 '전과轉科'라는 공지문이 눈에 띄었다. 무작정 음악학부 학과장을 찾아갔다.

드디어 전과 시험날, 실기를 보러가서야 악보는 다 외워서 연주하는 것이며, 더구나 반주자까지 동반해야 하는 것임을 알게 되었다. 차례가 되기 전 악기도 미리 꺼내어 준비하고 있다가 들어가야 하는 데 무대에 올라가서야 주섬주섬 꺼냈고, 클래식을 해야 하는데 영화 음악을 선정하는 등 좌충우돌이었다. 그렇게 온갖 우여곡절을 겪은 끝에 J는 마침내 9월 학기부터 그토록 꿈꾸던 첼로를 하게 되었다.

이야기를 듣던 학생들은 솔직하고 당당함에 박수를 보냈고, 짧은 곡 하나 부탁한다고 환호성을 질렀다. 다른 학생들이 짧게 "저는 누굽니다" 정도로 간단히 끝내는 데 비해 긴 시간을 차지했지만 그의 극적인 경험담을 가슴 졸이며 들었다.

첼로 연주는 학기 중간쯤에 듣게 되었다. J는 짧게 새로운 체험을 이야기하고, 중후한 음색의 첼로 연주를 들려주었다. 잠깐이지만 마음이 부드럽고 편안한 느낌이 들었다. 새로운 경험은 오케스트라 연습 때 다른 학생들은 모두 아는 것을 J만 모르는 게 너무 많아, 본인만 딴 나라에서 온 외계인 같다고 했다. 제대로 따라갈 수 있을지 걱정이라며, 학기 초의 당당함보다는 살짝 떨리는 목소리에서 스무 살의 절박함이 묻어났다.

나는 J의 어깨를 툭 치며 말했다.

"와! J, 넌 멋진 첼리스트야. 그 도전과 용기가 놀랍다. 우선 좋아하는 것을 하게 된 것은 행운이고, 오케스트라에서는 따라갈 선배들이 있으니 노력만 하면 네 역할을 해내는 것은 시간문제야. 너는 할 수 있어. 정말 대단하다!"

그것이 그에게 큰 자신감을 주었고, 이렇게 페이스북으로 선생님께 연락까지 할 수 있게 되었다는 것이다.

예나 지금이나 자기가 하고 싶은 것을 하며, 다른 사람으로부터 인정받기를 바라는 것은 인지상정인 것 같다. 공자도 "아는 것은 좋아하는 것만 못하고, 좋아하는 것은 즐기는 것만 못하다知之者不如好之者, 好之者不如樂之者" 하여, 호학好學을 높이 여겼으며 스스로도 배우는 것을 좋아하고 그 즐거움도 자주 언급해왔다.

초楚나라 대부 격인 섭 땅의 현령 섭공이 자로에게 물었다.

"자네 스승 공자는 어떤 분이신가?"

자로는 제자로서 스승에 대해 어떻게 설명해야 할지 망설이다가 대답을 못하였다. 이를 들은 공자는 대뜸, "너는 어찌 이렇게 말하지 않았느냐? '그의 사람됨은 분발하면 밥 먹는 것도 잊으며, 즐거움에 빠지면 근심도 잊은 채, 장차 늙음이 다가올 것도 알지 못하는 분其爲人也, 發憤忘食, 樂以忘憂, 不知老之將至'이라고 말이다."

자신감과 서운함이 함께 묻어나는, 공자의 인간미 넘치는 여리고 순진한 요구가 도리어 가슴에 와닿는 대목이다.

자신이 좋아하는 것에 집중하면 밥 먹는 것조차 잊어버릴 정도니. 그렇게 몰입한다면 세상에 이루지 못할 일이 없겠다는 생각이 든다. 또 그 즐거움에 빠지면 세상 근심을 다 잊어버릴 정도의 경지에 이를 수 있음을 공자가 알려주고 있다. 어쩌면 공자가 성공한 이유도 그 좋아하는 것을 붙들고 늘어졌기 때문이 아니겠는가. 그것은 바로 공부에 대한 간절함이었을 것이다. 그러한 간절함의 온도는 열정으로, 그 열정은 에너지로, 그 에너지는 결국 꿈을 이루는 원동력이 되었을 것이리라.

공자는 73세까지 살았으니 당시로 보면 천수를 누린 셈이다. 아마 그 비결이 자로에게 한 말 속에 있는 것으로 보인다. 자신이 좋아하는 일에 몰입하다보면 저절로 한 분야에서 최고가 될 수 있을 것이며, 기쁨 속에서 시간 가는 줄도 모르고 즐겁게 살다보면 건강과 장수는 함께 가는 것이 아닐까?

J는 필수 과목의 학점을 받기 위해서 내 수업을 선택했을 것이다. 그런데 그것이 인연이 되어 나와 계속 페이스북 친구로 지내고 있

다. 30분 정도 연주해야 하는 실기 과목을 위해 이미 한 학기 전, 방학 때 다 외워낼 정도로 독하게 연습했노라고 격의 없이 자신의 근황을 알려오곤 하였다. 어느 날 보니 그는 다른 음대로 다시 편입을 하였고, 수석으로 졸업연주를 한다는 멋진 포스터도 올라와 있었다. 아이돌 가수 뺨칠 외모에다가 수석으로 졸업연주를 해서 그런지, 댓글이 수십 개 달리고 팬미팅도 해야겠다는 댓글도 주렁주렁 달려 있었다.

오랜만에 페이스북에 들어가 보았다. 십 년이 넘은 듯하다. 모 교향악단에서 근무한다는 두 줄의 소개와, 클로즈업된 얼굴 사진이 환하게 웃고 있었다.

공자와 장자의 철학에 지적 깊이를 더하다

윤재천/ 한국수필학회 회장, 전 중앙대 교수

현대의 문화현상은 급하게 변하며 의식의 전환을 요구하고 있다. 수필도 1930년대 수필현상에서 벗어나서, 2000년대부터는 변화의 물살에 도전하며 실험수필이란 이름으로 접근해가기도 했다. 그런 가운데 우리의 이야기를 형상화해감으로써, 그 안에서 '나'를 발견하며 유기적 작업을 도모하는 것이 수필 장르의 특성으로 나타났다.

지금은 모든 것이 변화되며 질주하는 시대지만, 수필이라는 장르는 '나'에게서 벗어날 수 없는 특성을 지니고 있다. '나'를 성찰하며 본질로 삼는 수필의 특성은 인생을 살아가는 한, 글을 쓰는 작가라면 누구나 한번은 접근하고 싶은 영역이다.

그런 관점에서 수필은 자기의 삶을 투영하며 위안을 삼는 것이 특징이다. 그런 과정을 거치며 스스로의 영혼을 구원해갈 때, 그 어느 장르보다 '인간학'과 맞닿아 있음을 알게 한다.

하지만 1930년대에서 1980년대 사이, 이 시대의 수필관은 우리 심중에 거름과 토양으로 남아 그 자체에 매몰되어 있어 정체에서 벗어날 수가 없기 때문에 수필의 발전을 기대할 수가 없다. 이 현상이 이 시대 수필을 쓰는 사람들이 과제라고 할 수 있다.

21세기의 수필은 독자성을 확보하지 않으면 한계를 지닐 수밖에 없다. 그러나 수필문학은 실험적인 도전, 개성미와 독창성을 중요시하면서도 진실을 염두에 두지 않으면 수필의 매력을 잃게 된다. 독자는 진실성이 가미된 감동적인 글, 글을 쓰는 사람이 허물을 벗으며 문학화시키는 것에 목말라 하고 있으며, 글을 쓰는 수필가도 이 과정을 거칠 때 자기 치유가 가능하다.

그런 의미에서, 작가의 작품은 삶의 실상을 다양하게 반영하면서 진실의 첩경에 도달하는 것을 우선으로 한다.

작품세계를 살펴보기로 한다.

동서양에서 할머니는 손자들에게 옛날이야기를 구수하게 해주는 것이 보통이다. 이름이야 다르지만, 옛날이야기, 전래동화, 설화는 비슷한 것으로서, 대부분 모험이 주를 이룬다. 어디에 무엇이 있는지 어떻게 해야 그것을 찾을 수 있는지 모르면서, 끝없이 찾아헤매다 주인공이 꾀를 내어 위기를 모면하는 형태이다. 일종의 창의적 문제 해결력 테스트인 셈이다.

—「모아나의 목걸이」 중에서

'변화'는 '삶'과 함께하는 동안 자연스런 질서다. 시대를 거스르며 변화에 대응하지 못하는 것은 그 현상을 거역하며 '삶'을 퇴보시키는 것과 다를 바 없다.

「모아나의 목걸이」에서 그 현상이 나타나고 있다. 화자가 친구들과 번개모임을 통해 대형 극장에서 비슷한 시간대에 각자 원하는 영화를 본 후, 함께 식사하는 것만 보아도 변화하는 문화현상을 실감하게 한다. 그 모임은 손자손녀 자랑으로 이어지는 것이 절차처럼 나타나지만, 문제는 현시대 할머니들의 하소연이 난감하게 쏟아지고 있어, 시대의 변화로 나타나고 있다.

할머니와 손자손녀와의 소통의 관계는 보통 무릎 위, 베갯잇에서 들려주던 옛날이야기라 할 수 있다. 요즘 아이들은 옛날이야기가 어쩌다 줄거리가 바뀌져도 "할머니, 그게 아니데"라고 따지며 고개를 흔드는 것이 추세이다. 그만큼 아이들이 두뇌가 창의성과 상상력을 지니고 있어, 옳고 그름을 감지하고 있다.

옛날이야기도 시대를 따라가는 주제라야 함을 실감하게 한다. 다행히 화자는 그날 애니메이션 〈모아나〉를 감상했으므로, 친구들에게 이야깃거리를 제공한다. 애니메이션도 예전에는 아이들이 보는 장르로 생각했지만, 지금은 세대를 초월해 볼 수 있는 영화로서 메시지와 지혜가 담겨 있다.

화자가 관람한 〈모아나〉는 모험을 통해 아이들이 좋아하는 이야기 구조로 이루어져 있다. 안전을 위해 모험을 두려워하는 모투누이 부족장에 비해, 호기심 때문에 모험을 동경하는 그의 딸 '모아나'

가 등장하는 〈모아나〉의 스토리는 옛날이야기와는 감각과 전개부터 다르게 나타난다. 어른 입장에서는 눈앞에 놓인 상황이 옳다고 생각해도, 아이들이 그것을 받아들이지 않으면 의미가 없다.

디즈니 애니메이션은 과거에는 고정관념과 편견에서 벗어나지 못해 고착화와 전형을 만들어냈지만, 화자가 관람한 애니메이션 〈모아나〉는 그 변화가 놀랍게 나타난다. 그 변화의 징검다리에는 현대판 '탈라 할머니'가 있었다.

할머니는 예나 지금이나 손자손녀에게 동심을 찾아주고 내일을 꿈꾸게 하는 어른이다. 할머니에게 들었던 옛날이야기는 시간이 흘러 성인이 되어도, 무의식 속에 살아남아 의식을 지배할 때가 많다.

화자도 위의 글을 통해 옛날이야기만큼 손자손녀에게 좋은 교육은 없다고 말하고 있다. 그것은 전래동화나 설화는 비슷한 장르로서 대부분 모험적인 이야기라, 상상력을 통해 문제해결 능력을 길러준다.

영화 〈모아나〉에서도 딸의 안전을 위해 모험을 두려워한 족장에 비해, 꿈을 향해 도전하게 한 탈라 할머니가 마스코트 같은 목걸이를 '모아나'에게 걸어주며 눈을 감으니 의미가 적지 않다. 그로 인해 족장의 딸 '모아나'는 난관을 극복하며 세상을 구하게 된다. 작가도 그 변화를 의식하며 친구들에게 할머니가 걸어준 목걸이의 상징성을 되새기게 하며 숙제를 제시하고 있다. 그런 의미에서 영화 〈모아나〉는 삶을 바꾸는 주체는 타인이 아니라, 바로 '나'임을 실감하게 한다.

둘째 날 아침에 평소 출근 준비할 때처럼 눈이 떠졌으나 다시 잠을 청했다. 졸리면 자고 깨면 또 잤다. 잠에 취한 사람처럼 잠이 쏟아졌다. 느지막하게 일어나 창밖의 낯선 풍경을 구경하였다. 오래된 주택보다는 새로 지은 원룸 형태의 깔끔한 주택들이 많이 보였다. 텔레비전도 없어서 보고 듣는 것이 없으니 자연스럽게 머리는 비워지는 것 같았다.

—「빨간 불」 중에서

「빨간 불」은 현실이 힘이 들어 잠시 집에서 떠나기로 한 화자, 목적지가 없었지만 떠나지 않으면 감당할 수 없던 실상이 잘 드러나는 작품이다. 남편이 사업 실패 후 현실을 해결할 수 없을 정도의 난관에 맞닥뜨리게 되자, 심리적으로 환기가 필요한 시기였음을 알 수 있다.

사람은 살다보면 어려운 상황에 처할 수가 있다. 화자는 그런 난관을 극복하기 위해 잠시 떠남으로써 그 여건을 개척해 나갔으니, 감정을 지혜롭게 관리하는 사람이다. 삶의 여건이 하수구가 막힌 것처럼 빨간 불이 켜지더라도, 가족은 그것을 탓할 게 아니라 해결해나갈 과제다.

문제는 화자의 떠남이 남편의 사업에 의한 것이기도 하지만, 위의 글을 분석해보면 교직에 있던 화자가 연구과제에 쫓기던 시기라서, 그것을 마무리하게 되자 그 정신력과 에너지가 바닥이 났음을 보여주는 작품이다. 자동차도 휘발유가 떨어지면 채워야 가동이 되듯, 화자도 쉬지 않으면 안 될 만큼 피로감이 심각하게 나타나던 시기이다. 그 어떤 문제를 해결하고 나면 성취감이 몰려와야 하는데, 오히려 허탈감과 피로감이 밀려올 때가 많기 때문이다.

화자는 가족에게 행선지를 알리지 않은 채 떠났지만, 탈진될 대로 탈진된 심신, 텅 빈 심신을 치료하기 위해서 스스로를 보듬을 수밖에 없었다. 그것으로 볼 때 화자는 지혜를 바탕으로 자기의 삶을 아끼며 살아가는 사람이다.

화자의 떠남은 떠나기 위해 떠난 것이 아니다. 방전된 삶을 충전하기 위한 삶, 채우기 위해 떠나는 여행이라고 할 수 있다. 여러 가지 상황으로 볼 때 '빨간 불'의 실상은 화자에게 긴박한 상황이기 때문이다. 지방으로 내려가서 어느 원룸에 짐을 푼 채 "졸리면 자고 깨면 또 잤다"라는 것을 보아도, 심신이 극에 달했음을 알 수 있다. 심신이 압박감에서 벗어나 몸이 시키는 대로 행동한 뒤에야 비로소 충만감을 느꼈던 화자임을 알 수 있다.

인간의 욕망은 사람을 늘 허기지게 하므로, 화자처럼 무작정 떠나보는 것도 난관을 극복해가는 방책이 될 수 있다. 산티아고 순례길로 무작정 떠나 여행하는 동안, 그곳에서 제주 올레길을 구상한 서명숙처럼, 떠남은 경쟁사회에서의 의미 있는 일탈을 채우기 위한 수단으로 나타나게 된다.

작가도 떠남을 통해 채움의 시간을 추구한 사람이다. 남편과 40여 일 만에 재회하게 되지만, 삶에 있어 빨간 불이 켜졌을 때는 누구나 시도해볼 만한 구원책이다.

얼마 뒤에 군사우편의 소포를 하나 받았다. 소포 속에는 아들이 입고 갔던 옷이 온다는 말은 전해 들었다. 덤덤하게 소포를 받았다 (…) 정작 아들의 옷을 보니 가슴이 일렁거리기 시작했다. 그 안에 꼬기작거린 종이에 쓴 아들의 편지가 있었다. '우리 아들 편지' 하며 읽다보니 눈물이 주르륵 흘렀다.

―「훈련병의 어머니」 중에서

자식에게 있어 '어머니'의 존재는 존귀한 대상이다. 불교에서 제시하는 '자비'라는 의미도, 기독교에서 제시하는 '사랑'이라는 의미도, 다른 존재를 조건 없이 품어안는다는 점에서는 다를 바 없다. 자식과 어머니와의 사랑은 그 모든 사랑을 초월한다.

화자는 아들이 군에 입대하자 그곳에서 보내온 소포를 바라보며 눈물을 닦아내고 있다. 그 눈물 속에는 여러 가지 한이 서려 있음을 알 수 있다. 대학에 입학하지 못한 채 선택한 입대였으니 여러 생각으로 마음이 복잡해질 수밖에 없다. 화자 부부는 재빨리 마음을 환기시키며 신병교육을 마친 부대로 달려갔다. 그때 화자는 아들이 깎은 머리와 까무잡잡한 피부로 나타났지만, 늠름한 모습으로 국방의 일익을 담당하는 모습이라, 다른 장병들까지 바라보며 웃음판을 벌이는 전도사가 되기도 했다.

자식에게 있어 '어머니'라는 존재는 영원한 '내 편'이라 세상을 헤쳐나갈 수 있는 힘을 주게 된다. 일어설 수 없을 만큼 곤경에 처해 있을 때도 두 손을 내밀어 그 손을 잡아주는 존재이다. 세상에는 그러지 못하는 어머니도 있지만 '어머니'라는 존재는 자식을 믿어주는 사람, 자식의 가능성을 보며 기다려주는 존재이다. 그런 어머니가 세상에 존재하고 있어, 자식들은 세상을 살아가면서 구덩이에 빠질 때도 툭툭 털고 일어날 수 있다.

신은 모든 곳에 존재할 수 없는 경우도 있어, '어머니'라는 존재를 만들었다는 말이 있듯, '어머니'의 존재는 신을 초월한 대상이라고 할 수 있어, 자식들은 역경 속에서도 묵묵히 극복하며 살아간다.

"내 존재는 어머니가 쏟아낸 기도, 그 분의 열매"라고 이정은이 소설「피에타」에서 제시하듯, 작가도 두 아들에게 그와 다르지 않은 존재이다. '어머니'라는 존재는 태초부터 절대적인 존재라서 훈련장과 부대는, 알게 모르게 그 훈기가 닿지 않은 곳이 없다.

어머니의 상징적 의미는 만만치 않다. 새로운 생명을 탄생시킨다는 점에서도 모든 사물의 시원始原을 상징하고, 묵묵한 자기희생 또한 자녀가 절망적일 때 그 가슴에 안기기를 염원한다.

추억이라는 바람은 엄마라는 구멍에서 불쑥불쑥 나타나 소리 없는 아우성, 소리를 내지른다. 그분 나이를 바라보며 요즘 가슴속에서 꽃잎 떨어지는 소리를 듣는다. 창밖에 백목련이 소복하게 피었다. 한창인 벚꽃도 소리 없이 떨어지고 있다.

어머니가 겪은 세월의 바람, 소리 없음에서 소리를 듣는 건 귀가 아니라 가슴이다. 바람이 가슴의 빈 곳을 울리며 지나가는 소리를 이제야 들어보려 애쓰고 있다.

—「어머니의 소리」 중에서

「어머니의 소리」는 세상을 떠난 어머니를 그리워하는 작품이다. 화자는 『장자莊子』의 제2편 「제물론」 도입부 중, 스승 남곽자기와 제자 안성자유의 대화를 통해, 마음의 소리를 들으며 오래 전에 돌아가신 어머니의 소리를 듣고 있다.

중국 고대 도가道家의 사상가 장자는, 그 정신이 허정虛靜과 염담의 심경에 도달하여 자연의 법칙에 따르며 어떠한 것에도 침해받지 않는 자유, 세계의 밖에서 초연하게 노니는 사상가다. 그는 진인眞人이 되기 위해 여러 가지 생각을 할 때면 유머를 통한 우화로 녹여내며 무위자연의 이치를 주장한 사람이다.

도道는 빈 것, 무無와 같은 것으로서 인간에 의한 인위적인 힘의 작동을 배제한, 만물 이면에서 자연 그대로 흘러가는 것을 본질적인 힘이라고 한 사상가다. 이때 공(空) 또는 무無는 존재하지 않는 것이 아니라, 비어 있는 것일 뿐 만물을 낳고 포용할 수 있다는 의미이다.

화자는 「제물론」에서, 바람의 실체를 '우주가 기氣를 내뿜는 호흡'이라고 본다. 산들바람은 가볍게 호흡하고, 회오리바람은 크게 화답하며, 그러다가 사나운 바람이 잠잠해지면 모든 구멍은 고요하게 잠들기 때문이다. 그 소리는 모두 같지 않아 상호작용에 따라 각자 자기 소리를 내기 때문이다.

위 글에서 소개되는 남곽자기의 '나를 잃었다'라는 의미에서도 그 자신이 자연과 일체감을 이루며 존재한다는 뜻으로서, 이때 '소리의 본성'을 들을 수 있다고 하였다. 이를 바탕으로 「어머니의 소리」도 그와 같은 이치에 다가가보려고 노력하고 있다. 화자는 '추억이라는 바람은 엄마라는 구멍에서 불쑥불쑥 나타난다'고 말하고 있다. 화자가 어머니와 함께했던 시간들, 추억이라는 바람을 들었기 때문에 그 간절함을 짐작하게 한다.

둘째 딸을 잃고 큰 딸인 화자에게 와서 손자 둘을 키우며 날마다 놀이터에서 놀았으니. 놀이터에 있는 놀이기구의 구멍에서 어머니의 소리가 들릴 수밖에 없다. 그 소리는 어머니를 향한 그리움의 극치로 나타나고 있다. 그 소리를 듣기 위해서 순수한 마음, 그 어떤 집착과 잡념도 끼어들 틈새가 없이, 오직 어머니 환영에 취해 있을 때만 들을 수 있는 소리다.

요즘과는 달리, 그 당시 어머니의 존재는 참으로 위대했다. 그들은 어려운 환경 속에서도 남편을 받들며 자녀를 키우고, 가르치는 의무도 소중하게 생각하며 희생 자체를 보람으로 여겼다. 그 모정이 추억 속에서 바람을 타고 윙윙대고 있으니, 어머니에 대한 그리움의 농도가 하늘을 찔렀음을 실감하게 한다. 그 어떤 집착과 잡념도 없이 오직 공空과 무無인 상태, 마음의 바탕이 순수할 때, 추억이라는 바람이 엄마라는 구멍을 통과하며 일체감을 이루기 때문이다.

평소에 우리는 학교 동창이라 그렇게 애틋하기보다는 오히려 잘 알아서 자주 싸웠다. 그러기에 이번처럼 남편의 무사 귀환을 위해 온 정신을 다해 기도한 적도 없었다. 얼마나 몰두했는지 남편의 '나야, 문 열어' 소리가 하나님 목소리처럼 들렸다. 남편이 그렇게 소중하고 고맙다는 것을 그때 처음 느꼈다. 다행히 나도 대학에 다시 강의를 나가게 되었다. 모든 것이 감사했다.

—「나야, 문 열어」 중에서

「나야, 문 열어」는 화자의 고통이 가감 없이 드러나는 작품이다. 사람이 살아가는 동안 귀 넘어 들었음직한 사연들을 쏟아내고 있다. 요즘도 코로나로 사업하는 사람들이 대다수 곤경에 처해 있지만, 1999년의 IMF 외환위기는 많은 가장들을 거리로 내몰았다.

화자의 남편도 당시 대기업 간부였지만, 그 여파로 회사가 부도나는 바람에 실업자가 되었음을 알 수 있다. 가장으로서의 삶을 살아가기 위해 다시 동료들과 작은 회사를 창업했지만 부도를 면치 못했다. 빚에 쫓기던 남편이 행방불명이 되자, 화자를 비롯해 남은 가족은 감당 못할 어려움에 처해 있었음을 알 수 있다.

「나야, 문 열어」는 지난 삶을 진솔하게 드러내는 고백서다. 막막한 가장의 처지, 화자도 남편을 실종신고까지 한 상황이니 그 고통이 만만치 않았음을 알게 한다. 그때 화자의 결단이 단호하게 나타나고 있다. 큰 집에서 작은 집으로 이사를 가는가 하면 꾸준한 기도, 황지우의 「너를 기다리는 동안」이란 시를 읊조리며 살아갔던 화자였다. 하지만 6개월이 지난 후 '나야, 문 열어'라며 깡마르고 초췌한 남자가 집안으로 들어섰으니, 터널을 통과하다보면 햇살 또한 보게 마련이다.

작품을 볼 때 화자는 순수한 사람이다. 작품의 뒷부분에서 문맥이 코믹하면서도 애절하게 드러나는 부분이 있다. 화자의 남편도 가장으로서의 무게감을 직시하며 그 상황을 극복해냈으니 적극적으로 살아가는 사람이다. 오히려 이 글을 통해 인생은 만만치 않아 누구든지 넘어질 수 있다는 사실, 그 누구의 삶도 이해될 수 없는 상황에 놓일 수 있다는 사실에 공감하게 한다.

> 자신이 좋아하는 것에 집중하면 밥 먹는 것조차 잊어버릴 정도니. 그렇게 몰입한다면 세상에 이루지 못할 일이 없겠다는 생각이 든다. 또 그 즐거움에 빠지면 세상 근심을 다 잊어버릴 정도의 경지에 이를 수 있음을 공자가 알려주고 있다. 어쩌면 공자가 성공한 이유도 그 좋아하는 것을 붙들고 늘어졌기 때문이 아니겠는가.
>
> —「간절함의 온도」 중에서

위의 글은 그 어떤 일이라도 간절히 염원하고 노력하게 되면, 실현하게 됨을 제시하는 작품이다.

간절한 마음은 신비의 힘을 지니고 있어 비전 있는 삶을 살아가게 한다. 중국 고대의 사상가 공자도 스무 살 때부터 계系씨 가문의 창고지기로 일을 하기도 하고 가축을 사육하는 일을 하기도 했지만, 주나라 관제의 예법을 꾸준히 공부하며 실천한 탓에 예禮의 전도사가 된 것처럼, 무엇이나 간절한 마음은 고대하던 결과물을 취하게 한다. 그것은 막연히 꿈을 좇아가는 방식에서 벗어나, 저마다의 방식에 맞는 아이템과 방법을 찾아가며 열정을 가지고 노력할 때 가능하다.

간절함은 꿈을 현실로 실현시키는 마력이 있기 때문에 목표하는 것과 좋아하는 것, 그 자체를 즐길 수 있는 것을 찾아 도전하게 되면 좋은 결과물을 만들어낼 수가 있다. 간절함이 절박한 심정과 맞물리게 되면 새로운 세상을 향해 비상할 수가 있기 때문이다.

공자도 "천재는 노력하는 사람을 이길 수 없고 노력하는 사람은 즐기는 사람을 이길 수 없다"고 하였다. 그것은 본인이 잘할 수 있고, 좋아하는 일을 찾는 것도 좋지만, 그 자체를 뛰어넘어 '즐기는 것'이 중요하다는 의미이다.

공자의 가르침은 후세인에게 교훈을 안겨주고 있다.

「간절함의 온도」에 나타나는 화자의 제자도 어려서부터 첼로를 좋아했지만, 부모의 권유로 관광학부에 진학했던 학생임을 알 수 있다. 문제는 식음을 전폐할 정도로 전공과목보다 첼로만을 좋아했으니, 진정 노력하며 즐길 줄 아는 자가 되어 자기 꿈을 실현하게 된다. 원하는 것을 성취하기 위해 마음을 결정하기만 해도, 목표하는 꿈을 절반은 이룬 것과 다를 바가 없다.

그 과정에서는 그러한 꿈을 도와주는 주변인의 조언도 무시할 수가 없다. 화자도 학생에게 격려를 아끼지 않았으므로, 10년이 지난 지금까지 페이스북 친구로 근황을 알며 지내고 있다.

그 학생이 전과轉科한 후, 다른 학교 음대로 편입해 수석 졸업까지 해서 교향악단에 근무하고 있으니, 진정 '자기를 자기처럼 살아가게 하는 계기'로 나타나고 있다.

수필은 다른 장르에 비해 그 형식이 다양한 문학이다. 지적인 냉철함, 유머와 위트로 적절하게 윤색한 문학이다. 무엇보다 다른 장르에 비해 개성미가 강하게 드러나는 장르라서 고백성이 많은 문학이다. 작가의 글도 그와 다르지 않게 나타나고 있다. 고백적인 글에 지적인 깊이를 더해가며 쓴 글이라서 독자들의 마음을 흡입하기에 부족함이 없다.

애니메이션 〈모아나〉의 '탈라 할머니'를 소개하는 부분에서도 작가의 정체성을 엿보게 하는가 하면, 남편의 사업부도로 감당 못할 어려움에 봉착한 시기도 있었지만, 남다르게 잘 극복한 사람이다.

멀리 떠난 어머니를 그리워하는 「어머니의 소리」는 작가의 심정을 그려내는 데 중추적인 역할을 하고 있으며, 실종신고까지 했던 남편이 6개월 만에 집으로 돌아와 '나야 나, 문 열어'라고 하는 대목도 희비가 엇갈렸지만, 유머러스하게 처리하며 환기시키는 부분이 아름답게 드러난다.

공자와 장자의 철학을 바탕에 깔고, 작품의 완성도를 높이는 것도 작가 작품의 특징으로 나타나고 있다.

앞으로도 더 좋은 글을 쓰길 바라며 『나야, 문열어』 출간을 진심으로 축하한다.

김낙효 수필집

나야, 문 열어

지은이_ 김낙효
펴낸이_ 조현석
펴낸곳_ 북인
디자인_ 푸른영토

1판 1쇄_ 2022년 07월 20일
출판등록번호_ 313 - 2004 - 000111
주소_ 121 - 842 서울 마포구 서교동 460 - 34, 501호
전화_ 02 - 323 - 7767
팩스_ 02 - 323 - 7845

ISBN 979-11-6512-054-2 03810

책값은 뒤표지에 있습니다.
저자와 협의 아래 인지를 생략합니다.